家は恋に惑う

きたざわ尋子

幻冬舎ルチル文庫

CONTENTS ✦目次✦ 辣腕家は恋に惑う

✦カバーデザイン＝久保宏夏（omochi design）
✦ブックデザイン＝まるか工房

イラスト・花小蒔朔衣✦

辣腕家は恋に惑う

避暑地の朝は、思ったよりずっと空気が冴《さ》えてた。

気分までキリッと引き締まるような感じで、初出勤の朝には相応《ふさわ》しい気がする。まぁ初出勤っていっても「俺」だけ……正しくは俺の中身だけなんだけどね。

まわりの人たちにとっては、入社二年目のいつもの「山崎充留《やまざきみつる》」だ。違和感は覚えるだろうけど、それだけだと思う。別人じゃないのって思う人はいるかもしれないけど、それは半分しか正解じゃない。

充留は俺だから。それはもう、間違いないことだから。

とはいえ、山崎充留としての記憶なんて一つも持ってない。別に記憶喪失じゃないよ。おといまでの俺の記憶はバッチリあるし。

自宅アパートから職場に向かうあいだに、昨夜必死に覚えたことを繰り返す。

俺の職場は駅前の土産《みやげ》物店〈はしまや〉だ。この水里《みずさと》っていう町で最大の企業・羽島《はしま》リゾートがやってるらしい。土産物はついでみたいな感じで、レンタサイクルがメインだって聞いた。あとは宿決めないで来た人とかに、紹介したり。

店長は女の人で、亡くなった俺の母親と同じ年なんだって。従業員は俺とその人だけで、あとは本社から何人かが手伝いに入ってくれる形みたいだ。

着いたら、まずレジを開けて、あとはお客さんを待つ。十時頃になると地元のパン屋が数種類のパンやサンドイッチを持ってくるから、受け取って並べる。レンタサイクルのシステムも頭に入ってるし、会うだろう人の名前も聞いた。

アパートから二十分も歩くと駅が見えてきた。この水里は結構有名な避暑地で、温泉でも人気がある。駅はもちろん町の玄関口だ。

けど駅前は意外なほど静かなんだよね。町として賑《にぎ》わってるのは駅前じゃなくて、一キロ以上離れたところっていうのが変わってる。

もう一つの賑わいは駅の反対側にあるアウトレット。だからこっちの駅前は、ただの通過点になっちゃうらしい。

店のシャッターはもう開いていて、なかには一人の女性——店長の戸塚《とつか》さんがいた。うん、写真とそんなに変わらない。ちょっとふっくらしてて、お母さんって感じ。

間違えないように、一枚だけあった写真で予習したんだよね。社員旅行のときの写真みたいで、ほかにも羽島リゾートの人たちが何人か写ってた。それを見ながら別の紙に書いてもらった名前と立場を何人分か頭に叩《たた》き込んである。

注意しなきゃいけないのは、戸塚さんくらいらしい。あとはさほど接点がないっていうし、高校までの知り合いもいるにはいるけど、そんなに親しくないから、いざとなったら「ごめん、ど忘れしちゃった」ですまそうってことになってる。

「おはようございます」

なるべく静かに、おとなしい感じで挨拶《あいさつ》してみた。表情もなるべく自信なさそうに、内向的なイメージで。

正直、よくわかんないけどね。そのうちボロが出るだろうし、俺らしく振る舞うつもりだけど、最初くらいはね。

「おはよう充留くん」

「……はい」

名前を呼ばれるのがすごく嬉《うれ》しい。ああこれが俺の名前なんだなって、じわじわ実感する。

俺のところに戻ってきて間もない名前だけど、まるで二十年間ずっと呼ばれてたみたいに心に馴染《なじ》んだ。

「あら、今日は自転車じゃないの？」

「今日から歩きでこようと思って……もうちょっと運動しなきゃって思って」

「耳が痛いわぁ」

「それ代わります。重いでしょ」

「え？　あら、そう？　じゃあお願いね」

シャッターの芯《しん》っていうのかな、長細くて取り外せる柱みたいなやつ。金属だから重そうだったんだよね。こういうのは男の仕事でしょ。場所はちゃんと聞いてあるから問題ない。

戸塚さん、ちょっと驚いたみたいだけど、嬉しそうだったからＯＫ。

レジを開ける戸塚さんを、ちらちらっと見て手順を確認する。教えられたけど、やっぱり一度見ておかないとね。

よし、だいたいわかった。

ざっと店のなかを見たけど、極端に少なくなってる商品はないみたいだ。

で、あっという間に開店時間。でもしばらくはヒマだった。ここの駅前って、ほんとに人が少ない。

って思ってたら、お客が二人で入ってきた。二十代なかばくらいの女の人たちだ。

「いらっしゃいませ」

「自転車借りたいんですけどー」

「あ、はい。料金はこちらになりますが、何時間ですか?」

初対応だ。内心ドキドキだけど、笑顔はキープ。「充留」は人見知りっていうか、初対面の人と話すのが苦手だから客の対応は苦手だって言ってたけど、俺は平気なんだよね。むしろ接客業って大好き。だから無理して「充留」っぽくする気はない。らしくないことしたって、続かないもんね。

だって長い人生だ。これから山崎充留としてずっと生きていくんだから、俺は俺のままじゃないと疲れるじゃん。

内心必死で手続きをして、支払いもすませて、無事に自転車を貸し出す。よし順調、って思ったら、出ていきかけたお客さんが自転車にまたがったまま振り返った。

「そうだ、どっかオススメのスポットとかない？」

「お、オススメ……ですか？　えーと、なに系の？」

「自転車で行けて、ちょっと遊べるようなとこ」

「ガイドブックに載《の》ってないのがいいなー」

いきなり高度なこと言われた！　いや、よく知らないよ俺。だって本当は地元の人じゃないもん。

でも観光客としてなら何日か過ごしてる。情報、そんときのでいっか。

「ブルーベリー狩りとかどうですか？」

「えーそんなのあるの？」

「はい。何種類もあって、それぞれ味が微妙に違うんで、食べ比べてみるとおもしろいですよ。甘いやつとか酸味強いやつとか」

「へぇ、いいかも。珍しいし」

本気か社交辞令かは不明だけど、反応は悪くなかった。一応地図を渡して、農園の場所を教えてから、笑顔で彼女たちを送り出した。

驚いたような戸塚さんと目があった。

「……えっと……なにか？」

「驚いた……充留くん、いまのすごくよかったわよ……！」

「あ、はい。ありがとうございます」

「笑顔も自然だったし、質問にも答えられてたし！」

いやそれって接客業としてわりと普通じゃないの？　こないだまでの俺……っていうか、あいつどんだけ人見知りなんだよ。この仕事、二年目だろ。羽島リゾートの人事もさ、もうちょっと配属考えようよ。内勤だっていくらでもありそうじゃん。

なんて思ってたから、ちょっと引きつった笑顔になってしまってたらしい。「さっきみたいに笑顔で」と言われて、慌てて頷《うなず》いた。

「浅井《あさい》農園、行ったことあるの？」

「いえ、聞いたことがあるだけです」

本当はおととい行ったばかりなんだけど、さすがにそんなこと言えない。その日、山崎充留はずっとここで働いていたはずなんだから。

「評判いいのよね。ガイドブックの掲載は断ってるんですって」

「観光農園じゃないですもんね」

「そうなのよ」

ブルーベリー農家の一家が一般の人たちを受け入れているという形なので、あまり多くの客に来られると困るらしかった。案内してくれた奥さんがそう言ってた。

「……俺、これからもっと地元のこと勉強します。ガイドブックに載ってない店とか……あんまり高いとこはチェックできないけど、カフェとかなら入れそうだし。あと今日みたいなオススメの観光スポットとか」

「どうしたの？　あ、いい変化だと思うわよ。でも無理しないでいいからね？」

「大丈夫です」

まるで過保護な親みたい。って、想像だけどね。だってうちの父親は、俺のことをきっと息《むす》子《こ》だと思ってなかっただろうし。ただの所有物というか、駒《こま》？　そんな感じだったよ。

なんか嬉しいな。親くらいの年の大人《おとな》に心配してもらうのって、すごく久しぶりだ。

「できる限りで、頑張ります。いろいろ……変えていこうって決めたんです。自分の性格とかも含めて、このままじゃだめかなって思って」

ついおとといまで「山崎充留」だったやつのことを思い浮かべながら、心のなかで「ごめんっ」と謝った。ほんとごめん。おまえの二十年間を否定するようなこと言っちゃって。でも、この人生はもう俺のものだから、俺の好きに変えていくよ。おまえも、おとといまでの俺の人生を好きに変えていっていいからさ。

「びっくりするかもしれないけど、ぬるーく見守っててくださいね」

よし、とりあえず予防線張った。自分のこと僕じゃなくて俺って言い出したことも、口調とか生活習慣とか、ひっくるめていまの説明で押し通す！

「充留くん……」

ちょっと感動しちゃったらしい戸塚さんを置いて、俺は入ってきた客の対応をしにいった。

ダメダメ店員――もとい、ちょっと頼りない店員の一大決心は、どうやら好意的に受け止めてもらえたらしい。

そのまま午前中の仕事を順調にこなして、そろそろ昼かなーと思ったときだ。

出た！　っていうか来た、たぶん。写真には写ってなかったけど、話は聞いてる。

百八十センチ超えの長身で、日本人離れした体格の、若干《じゃっかん》目つきの悪い男前。二十五歳だか六歳ってわりにはちょっと老《ふ》けて見えるかな。三十とまではいかないけど、ちょい手前くらいには見える。よく言えば、落ち着いてるってことなんだろうけど、なんかそういう言葉も微妙に似合わない。真面目《まじめ》そうな感じでもないし、かといってチャラくもない。インテリっぽくもないしなぁ……こういうの、なんていうんだろ。ちょっとワイルド寄り？　あ、わかった。俺さまっぽいんだ、うん。

見た目はいいよ、って聞いてたけど、想像以上だよ。派手《はで》というか、都会的。ネオンの下にいたほうが似合いそうだなぁ。ホスト系じゃないんだけどさ、なんかこう微妙に健全な感じがしないっていうか。少なくとも爽《さわ》やかさはない。

御曹司《おんぞうし》にも見えないなぁ。金持ちのお坊《ぼっ》ちゃんって、それっぽい雰囲気が出るもんだと思ってたけど。

いや、前の俺だって、それなりにお坊ちゃんっぽかったと思うよ。いまはどうか知らないけどね。

あ、目があった。

「こんにちは」

ぺこりと頭を下げて挨拶すると、怪訝《けげん》そうな顔された。

なんで？　別にどっこも変じゃなかったよね？　客じゃないから笑顔は出し惜《お》しみしたし、愛想《あいそ》をよくしたつもりもないけど、普通に挨拶したよ？

もしかして目を見て挨拶したから、とか？　確かまともに顔を見たことないとか言ってたような……。

戸塚さんもちょっと驚いてるような気がする。

「どういった心境の変化だ？」

あ、すげーいい声だ。低めで艶《つや》があって、いわゆるあれだよ、腰《こし》に響く声……とかいうやつ。この顔でこの身体《からだ》でこの声って、ずるいよね。しかも家は資産家で、本人は留学してアメリカかどっかの大学出て、向こうで少し働いてたっていうし。

「ずいぶん雰囲気を変えてきたな」

「自分改革しようかなと思いまして」

「だから、どうしてだ」

「いろいろ思うところがあって。母の墓前にも誓《ちか》ってきました」

これは本当だ。自分を産んでくれた母親と会うことはできなかったけど、ちゃんと墓の前で手をあわせて新しいこの人生をしっかり歩いてくって誓ったんだ。別にそれは自分改革じゃないけどね。

「へぇ、心意気は認めてやる。せいぜい頑張るんだな」

「ご期待に添えるように頑張ります」

「別に期待はしてねぇよ」

あ、そうですか。まぁいいけど。

素っ気なく言ってそいつ——羽島《はしま》恭悟《きょうご》は戸塚さんと話を始めた。

なるほどね、これが羽島リゾートの現社長の次男か。見ればわかるって言われてたけど、本当に一目でわかったよ。

っていうか、全然怖くないじゃん。腹黒そうでもないし、イヤミっぽくもないし。思ったことをわりとストレートに言ってる感じがする。慇懃《いんぎん》無礼《ぶれい》の見本みたいなやつが近くにいたから、こういうタイプはむしろ新鮮なんだよなぁ。自信家っぽいのも悪くない。裏付けがあるなら、自信たっぷりな態度でも別にいいと思うよ俺は。

ほんと、こいつのどこが怖かったんだろう。大丈夫なのか、あいつ。あの家には、もっと怖い男がいるんだぞ。陰険でいやみったらしくて、年柄年中ブリザード吹かせてるような男がさ。

いつも俺に冷たかった、あの男が……。

思い出したら、ちょっとだけ胸が痛くなった。とっくに諦《あきら》めてたし、割り切ったつもりだったんだけどなぁ。

でも不思議と未練なんてなかった。うん、ない。思い出したらまだちょっと疼《うず》くような痛みはあるけど、もう関係ないんだし。

いや、そんなことより、あいつのことだよ。ほんとに、ボロ出さないでちゃんとやれるのかな。

心配したってしょうがないのはわかってるし、俺にはどうにもできないんだけどさ。せいぜい泣きついてきたら慰《なぐさ》めるくらいだな。

あいつはまだ家に着いてないだろうけど……。

頑張れよ。俺も、山崎充留として頑張っていくからさ。急にこんなことになったけど、お互いに納得っていうか、これが本来の形だってこと自分たちの感覚全部でわかって、これでいこうって自然と思えたんだよな。

俺はもう「充留」だからね。おとといまでは別の名前で、まったく違う人生を送ってたのに不思議な感じ。

というか、俺の……俺たちの身に起こったことが、とんでもなく不思議なことだったんだけどさ。

ずいぶんと前のことみたいな気もするんだけど、たったの二日前だ。

そう、俺が水里へ来たのが、すべての始まりだった。


行こうって言い出したのは、なんとなく入ったサークルの合宿メンバーだった。

目的が特にない遊びサークルで、入ってるのも大学生としてはあんまり真面目じゃないタイプばっかり。ようするに大学へは勉強しにいってるわけじゃなくて、なんとなく行ってるタイプね。

俺もそれに近かった。遊びにいってるつもりはなかったけど、目的があって大学を選んだわけじゃなかった。保護者が——正直父親とも思ってなかった人が、ここへ行けって言うから行っただけ。

温かい家庭とは言えなかったけど、裕福な家ではあったんだよ。子供の頃から——というか生まれたときから、物理的な意味で不自由な思いってしたことなかったし。

衣食住も教育も、かなり高水準なものを与えられたと思う。デカい家には使用人までいて、食事はコックが作ってくれて、欲しいと思うものは言えば買い与えられた。

でも満たされたことなんてなかったよ。なんでも手に入るから満足感がない、なんていう話じゃなくて、物心ついたときから付きまとっている変な感覚のせいでね。

常に俺は違和感と付きあってて、それのせいでいつも気持ちが重たかったんだ。友達とはしゃいでるときでも、自分では楽しいって本気で思っているときでも、その感覚自体が偽物《にせもの》っぽく感じて仕方なかった。

言葉で簡単に表すと「違和感」だけど、細かく言うと、どこか地に足が着かない感じというか、自分と自分のいる世界が重ならないような感じというか。

見える景色や音もぶれているように思えて仕方なかったけど、実際にはちゃんと見えるし聞こえる。だから気のせいって言われたら、それまでだった。

ようするに自分が自分じゃないような感覚だったんだ。ちょっと大げさだけど、本当にそんな感じ。もちろん誰にも言ったことはなかったよ。言ったら大抵の大人たちは生ぬるい笑《え》みを浮かべてうんうんと頷いただろうし。子供の、あるいは思春期特有の、妙に鋭い感受性が云々《うんぬん》……みたいな感じで片付けられただろうな。友達に言ったら、きっと「中二病」って笑われて終わりだった。

で、言えないまま、俺は二十歳《はたち》になった。でも一年生。留年しちゃったからね。

別に俺の頭が悪いわけじゃないよ。ちょっとした計算ミスのせいなんだ。

ギリギリの成績で単位取ろうとしてたのに、テストの問題を数え間違って配点も読み違えて、予定より点が取れなかったわけ。おまけに風邪《かぜ》ひいちゃって、肝心《かんじん》なときに休んで出席日数足《た》りなくなったり。救済策のレポートもそれでダメになっちゃった。

そんなわけで、二回目の一年生をやることになったら、同じ大学に入ってきた腹違いの弟と同じ学年になっちゃって、気まずいのなんの。

ただでさえ仲悪いのに、余計悪くなった気がする。父親は虫けらでも見るような目で俺のこと見たしね。

そんな肩身《かたみ》の狭い大学二年目、の夏。ほかの大学がまだ前期試験をやってる頃に、俺たちはサークル合宿で水里に来たわけ。うちの大学って、夏休み明けに試験なんだよね。

とにかく息苦しいあの家と、猛暑《もうしょ》に突入した東京を離れて、俺は水里に来た。

水里は有名な避暑地としてだけじゃなくて、温泉地としても結構有名らしい。でも温泉には入らないで、部屋についてる普通の風呂を使ったけどね。一緒に来てるやつのなかに、ちょっとヤバいのがいるから、気をつけないといけなかったんだよ。そいつ、男でもありってやつで、俺のことも前から変な目で見てたからさ。

そいつはなにかと俺の横を歩いてた。女の子を含めて十人で来てるから、さすがに変な真《ま》似《ね》はしなかったけど。

名目はサークル合宿だけど、こっちに来てもやったことと言えば、ブルーベリー狩りをしたり釣《つ》りをしたり、陶芸の体験をしたりっていう、ただの観光だった。女の子たちが水里にしようって言い出しただけあって、来てみたら確かに女子受けしそうな店がたくさんあった。

雰囲気いいんだよね。森のなかのカフェとか最高。それに涼しいし。いや、これってかなり重要。

「やだな、東京帰るの……」

東京は連日の猛暑に見舞われていて、その日も予想最高気温は三十五度を超えてた。考えただけでうんざりした。

それにあの家へ帰るのも気が重かった。慣れたっていっても、何日か家を離れちゃうと、戻るのが憂鬱《ゆううつ》になっちゃうんだ。

「どうする？　帰るにはちょっと早いよな」

「荷物はロッカーに預けて、どっか行こうよ」

「レンタカーは？　車で三十分くらいのとこに牧場あるらしいよ」

「それより滝がいいなー。見にいこうよ、滝。パワースポットだよ」

前のほうを歩いてた女の子が振り返って、滝を強く押してきた。女の子って、わりとそういうの好きだからね。

とりあえずレンタカーを借りて夕方まで遊ぶことに異論は出なかった。免許持ってるやつも二人いたし、二台借りようってことになった。

駅のコインロッカーで荷物を預けてたら、特急が着いてぞろぞろと観光客っぽいのが大勢出てきた。レンタカーの営業所に向かうやつらも何組かいて、俺たちはあとのほうになってしまった。

タイミング悪いっていうか、効率悪かったよな。免許持ってるやつらに手続きさせにいかせといて荷物預けてればよかった。ってそのときは思ったけど、だからこそあいつを見つけられたんだから、結果オーライ。

駅前なのに、道はとても静かだった。有名な避暑地のわりに駅前は不思議なほど人の姿が少なくて、寂《さび》れた普通の田舎町《いなか》のようだった。土産物店と不動産の会社がいくつかと、古そうな喫茶店《きっさ》。目立つのはそれくらいしかなかったし。

ちょっと離れたところが町の中心地っていうか、一番賑わってるとこだから、そのせいなんだろうな。静かでいいけどね。あ、駅の反対側のアウトレットは別格ね。あそこはいつでもすごい人みたい。

いいところだなって思う。また来たいなー、って普通に思ってたもん。賑やかな女の子たちも、落ち着きのない男友達もいないときに、ゆっくり……なんて。

で、ぞろぞろ営業所に向かって歩いてたら、前のほうで女の子たちが盛り上がり始めたんだ。

「やだ、ホラーだめホラーだめっ！」

キンと高い声に、思わず顔をしかめてしまった。道ばたでそんなデカい声出すなよ、って思ったけど、口には出さなかった。そういうこと言うと、煙《けむ》たがられるからさ。

「違うよ、ホラーじゃなくて、不思議系の話」

俺が考えごとしてるうちにパワースポットからそんな話になったらしい。まったく聞いてなかったから、推測だけど。

「そうそう。でね、なにかの間違いで入れ替わっちゃった魂は、どう頑張っても絶対その身体には馴染まないから、長生きはできないんだってさ」

「馴染まないってどういうこと？」

「長生きできないってどれくらい？」

「知らない」

「えぇー」

前のほうで数人が盛り上がって、あとの連中はどうでもよさそうにしていて、俺はというと、雷《かみなり》にでも打たれたみたいな衝撃を受けていた。

耳から彼らの話が離れていかなかった。馴染まないという言葉は、俺に付きまとっている違和感を見事に表してるような気がしていた。長年の釈然としない疑問に、やっと答えをもらったような気持ちだった。

「それなに、スピリチュアル系？」

「わかんない。昔どっかで聞いたんだよね。あれ、読んだのかな？　とにかく、本当の容れものに入れなかった魂っていう話。そういう人は、あんまり幸せになれないとか、まぁそんな感じ」

「なんで入れないんだろ？」

「さぁ」

「あれじゃん？　神サマとかが、うっかり間違えちゃうんじゃん？」

本当の容れものじゃないとか間違えたとか、そんなの笑っちゃうような話なのに、俺は本気で納得してた。ああそういうことだったんだって。

ずっと変な感覚だったのは、容れものが違ったからなんだ。だから俺が見る世界はぶれてたし、俺自身も異分子みたいに感じてたんだ。

納得したからって、どうなるものでもないって、そのときは思ってた。

「うわっ、すげぇ霧《きり》」

友達の声に我に返ったら、さっきまでなかった霧が立ち込めてきてた。多いとは聞いてたけど、俺たちがこっちに来てからは初めてだったから、女の子たちは嬉しいのかなんなのか、きゃあきゃあ言ってた。

ちょうどそのときだったんだ。

「え……？」

急に自分の声が聞こえた気がして、そっちを向いた。自分の声だなんて変な言い方だけど、それ以外に言いようがなかった。

その場所には若そうな男が座ってた。空き地みたいな場所に座るものが置いてあって、膝《ひざ》になにか置いてあって。

霧のせいで顔もわからなかったし、すぐに白く覆《おお》われて姿も見えなくなってしまったけど、妙に気になった。

あとでわかったことだけど、本当に「自分が呼んでた」んだよな。そうとしか言いようがないと思う。

「うおー真っ白。あれ、悠《はるか》って免許持ってたっけ？」

「持ってないよ」

話しかけられて、俺の意識は否応なしに引き戻された。名前を呼ばれたのが不快だったせいもあった。

そう、俺はまだそのとき「篠塚《しのづか》悠」だった。

俺のことをときどき変な目で見るそいつは、なぜか俺のことだけ下の名前で呼んだ。ほかの同性の友達は名字《みょうじ》で呼ぶくせに、俺だけ女の子たちと同じで名前なんだよな。俺のこと女扱いしたいって気持ちの表れなのかも。

でも不快感の理由はそれだけじゃない。誰に呼ばれても「悠」って名前には、違和感しか覚えなかったんだ。

生まれてからずっと呼ばれていたのに、二十年たっても馴染めなくて。呼ばれるたびに違れてた。

うって、心のどこかで否定してた。

入り間違えたって話を納得したのも、そういうことがあって……なんだよね。まだ話しかけてくるから適当に返事をして、免許を持ってる二人と営業所に入った。こんな霧で車借りて大丈夫なのかな、と思ったけど、手続きが終わる頃には嘘《うそ》みたいに晴れてた。

車に乗って、さっき歩いてきた道を逆にたどったけど、空き地にはもう誰もいなかった。

誰と話してても、なにをしてても、さっきの若い男のことが頭から離れなかった。あのとき友達を振り切ってでも空き地へ行けばよかったって、すごく後悔した。

友達と遊んでるあいだも、あいつのことが気になって仕方なくて、それで結局、土産物を買うって理由で、電車に乗る寸前に友達と別れてしまった。みんな呆気《あっけ》に取られてたけど、一応メールでフォローはしといた。

で、駅から出てきたんだけど……。

夕方くらいから降り出した雨は、そんなに強くはないものの降り続いてた。薄暗いけど、夜っていうにはまだ少し早い感じの時間だった。

具体的にこうしようって考えがあったわけじゃない。でもあのまま帰るのはだめだと思った。いや、とかじゃなくて、だめだって。

呼ばれた。根拠もなくそう確信してた。

夏にしては冷たい雨に打たれても、俺の感覚はやっぱり変だった。冷たいのはわかってたけど、クリアじゃないというか。

感覚が全部、そんな感じだったんだ。二十年生きてきて、一度もクリアな感覚がなかったっていうのはやっぱり変だよね。でもそのときは、誰でも多かれ少なかれ感じてるものなんだろうなって思ってた。自分だけおかしいって、思いたくないじゃん。

誰にも話したことがないから、本当のところはよくわからない。わからないまま来ちゃったから、余計に家族と馴染めなかったんだろうなぁ。実際、家のなかで俺って異分子みたいなものだったし。

父親からして、いろいろ問題ありの人だし。

だって外で女作って、子供——つまり俺まで産ませちゃったような男だよ。しかも正妻よりも先に！

おかげで俺の立場は長男になってしまった。実の母親はどこの誰かも知らない。ちょっと特殊なケースなんだろうけど、母親の欄《らん》に名前がないんだ。一度だけ父親に聞いてみたことがあるけど、知らなくていいって突《つ》っぱねられた。

そんな最低の父親は、月に一回か二回しか帰ってこない。家庭というものに興味はないんだろうし、家族っていう概念を抱いてるかどうかもあやしい。自宅に住んでいるのは、あの人の「妻と息子たち」であって、家族じゃない気がする。たまにしゃべっても事務的というか、必要最低限の質問とか確認事項だけだ。笑った顔なんて見たことがない。

一応家族には継母《ままはは》と異母弟がいる。けど、あんまり打ち解けてはいない。いい人なんだけどね、継母の人。うん、いい人だから、余計に困るんだ。

俺と弟を平等に扱おうと頑張ってた姿は見てて痛々しかった。俺のこと愛せないのに、必死でいい母親になろうとしてた。そういうのは見てる俺のほうがきつくて、自然と一緒にいる時間が減っていったんだ。中学に上がる頃には、会わずに一日終わることも多くなって、距離はどんどん開いていった。

弟なんか、最初から俺のこと嫌いだったみたいだけどね。いっそ清々《すがすが》しいくらい当たりがきつい。もうすっかり慣れちゃって右から左に流してたけど。

腹違いの弟のことも継母のことも嫌いじゃない。でも家族にはなれない。っていうか、俺が長男としてデカい顔したらマズいじゃん、やっぱり。だって継母はいいとこの家のお嬢《じょう》さまで、なんの落ち度もないのに外で女作られて、その子供が長男になっちゃったんだからさ。よく俺に優しくしようなんて思ったよな。ほんと、申し訳なさすぎる。

俺があの家にいて息苦しかったのは、そういう理由もあったんだと思う。早く家を出たいって思ってたのも、だからなんだ。本当は大学に入ったらすぐ一人暮らしをしたかったんだけど、卒業まで待つように言われてしまった。

強引に出たって、連れ戻されるのが目に見えてるからやらない。手をまわされたら、住むところだって借りられないし……で諦めたけど。

あいつは、上手《うま》くやれるかな。すごく心配だけど、向こうだって俺と同じ二十歳の大人なんだし、まぁなんとかなるだろ。

とにかく雨のなか、俺は顔もよくわかんない相手を待ってたんだよ。そしたら、やっぱり引き寄せられるみたいにして、あいつ――そのときはまだ充留だったあいつが、俺の前にやってきた。

目があったとき、わかったんだ。俺たちは、かつて一つのものだったんだって。

ようするに一卵性双生児だったわけ。調べたわけじゃないけど、顔立ちとかそっくりだし、手とか耳の形とか同じだったし。

顔立ちはとにかく似てる。でも表情の作り方っていうか、雰囲気が違うんだよね。俺のほうが表情がよく動くはず。生意気そうな顔だと思うしね。あいつはなんていうか、いかにもおとなしそう。でもきれい系の顔なのは同じ。自分で言うのはおこがましいかもしれないけど、昔から言われてきたんだからそうなんじゃないの。っていうか、いままで気にしてなかったんだけど、自分と同じ顔を客観的に見たときに、「ああ俺って美人だったんだな」って思ったんだよね。

いまはそれが自分の顔なんだけど。

そっくりな外見だけで双子《ふたご》、ってことになったわけじゃないよ。なんというのかな、クサい言い方すると、魂に響いたの。共鳴した、みたいな感じ。

初めて会うはずなのに全然そんな感じがしなかったよ。会ってすぐ、当たり前のようにあいつの……いまは俺のアパートに行くことになって、歩きながら自分たちの話をした。それぞれの生《お》い立《た》ちとか事情を教えあったら、ますます双子としか思えなくなって……。

それだけだったら、生き別れの双子の、二十年ぶりの邂逅《かいこう》……で終わったけど、俺たちはそうならなかった。

だって、間違って入った身体で生きてきちゃったからね。それが偶然の力を借りて元に戻ろうとしても不思議じゃないし、実際にそうなったし。

話の流れでお互いの手をあわせた瞬間、俺たちは意識を失った。

そうして目が覚めたとき——俺たちは本来の自分を取り戻してたんだ。


怒濤《どとう》の二日間だったよ、マジで。あ、昨日とおとといね。悠に出会ってからは嵐みたいだった。っていうか、再会か。うん、たぶん「再会」のほうが正しいと思うんだ。運命の再会ね。二人ともまったく記憶にはないけど、ゼロ歳児のときに別れたんだから仕方ないよね。

でもさ、やっぱ母親の腹のなかでずーっと一緒だったわけじゃん。やっぱり懐かしいって感じはあったよ。

とにかく二日間で、詰め込めるだけ相手の情報とかいろいろ詰め込んだわけ。

お互いの家族のこととか、対応とか、仕事の手順とか。家族に関しては、こっちはもう母親もいない天涯孤独《てんがいこどく》の身だし、俺の……っていうか悠の場合は家族と仲良くないから、関わりが薄い分ちょっとは楽だと思うんだよね。これで仲よし家族だったりしたら、記憶喪失の振りでもしなきゃいけないとこだった。

仕事のこともなんとかなりそう。細かく書いてもらったからね。

あとは少しずつ、自分のペースとか趣味とかにあわせて変えてしまおうってことになってる。悠は絵を描くのが唯一《ゆいいつ》の趣味だったらしいけど、俺は全然だし。画才がないんだよね。だから昼休みや休憩《きゅうけい》の行動は変えていく。悠はヒマさえあればスケッチしてたっていうから、まずはさりげなく絵の趣味はやめたってことにしよう。スランプで行き詰まって、筆を折った……みたいな感じで。

あ、お客さん来た。今度もOLっぽい二人だ。羽島主任を見て、わかりやすいくらい反応してる。まぁ、ふらっと入った土産物店に、びっくりするくらいの男前がいたらそうなるよね。油断し切った顔してたもんね。

「いらっしゃいませ」

とにかく俺は営業スマイルでご挨拶。こういうのは得意、っていうか、前から接客業が好きだったんだよね。カフェのウエイターとかギャルソンとかいいよね。篠塚の家じゃ許してもらえなくて、アルバイトの妨害までされたけどさ。あれは思い出しても悔しい……。

そうだ、羽島リゾート系列で、カフェとかレストランとかないのかな。いや、あるよな。どう考えても。ホテル内にもあるはずだし、系列で町中に店出してても不思議じゃない。なんたって土産物とレンタサイクルの店があるくらいなんだから。むしろなかったら作ってもらおう。で、俺が店員で入る。うん、悪くない。

「えっと、自転車お願いします」

お客さんたちは、羽島主任を気にしながらも俺のとこに来た。俺が声かけたから、そりゃ俺んとこ来るよね。

二度目だし、さっきより余裕で対応した。サービスで渡す地図を差し出したら、メルヘン美術館はどこかって聞かれたから、広げて印をつけてあげた。俺は地図係だったから、だいたいの場所は覚えてたし、あとは見ながら探せばいいことだから時間もかからなかった。

何日か前に行ったとこだから、なんとかなったな。うーん、これはいろいろ勉強しないと。道とかオススメとの場所とか店とか、結構聞かれるものなんだなぁ……悠はそんなこと言ってなかったけど、まぁ伝え損ねたことだってあるよね。

お客さんの対応をしているうちに主任は帰っていて、店にはまた戸塚さんと俺だけになってた。

「いい感じよ、充留くん！　主任も感心してたし」

「頑張ります」

なんか自分でもびっくりするくらい盛り上がってる。やる気が出たのなんて何年ぶりかな。いままでグズグズしてた分の反動が出ちゃってるのかもしれない。

大好きな接客の仕事をしながら、俺はあれもやろうこれもやろうって考えて、一人でひそかにテンションを上げていた。

目が覚めてすぐは、まだ少し混乱することがある。

低い天井と狭い部屋を見て、「ああ」って現状を確認してほっとする感じ。今日は特に混乱が激しかったな。夢のせいで。

それは俺がまだ悠だった頃の夢だった。俺は中学生で、少し捻《ひね》くれてはいたけど、そんなに大きな鬱屈を抱えるわけでもなく過ごしていたときのこと。

隣にはいつも同じやつがいた。親友だった。家族と上手くいってなかった俺にとっては、誰よりも近くて安心できるやつだった。

けど、そいつは突然俺の前から姿を消した。もともと別の高校に進む予定にはなってたけど、卒業して、春休みに遊びに誘おうとして電話をしたら繋《つな》がらなくて、何度かけてもダメだったから実際に家に行って……。そこでおばさん……あいつの母親から、申し訳なさそうに留学を知らされた。

そのときの夢だった。連絡先も、本人の意思だからと教えてもらえなかった。すごく謝られたし、おばさんはあいつのことを溜《た》め息《いき》まじりに怒っていたけど、それは俺にとって救いにならなかった。

俺はあいつを必要としてたけど、あいつは俺のことなんてどうでもよかったんだって、すごく落ち込んだ。

「まただよ……」

何度この夢を見たら気がすむんだろう。楽しかった中学時代じゃなくて、見るのはいつも卒業したあとのことなんだ。

こんなときは走るに限る。頭を空っぽにして汗を掻《か》いたら、きっと忘れられる。

朝は早く起きて軽くジョギングをするのが日課だ。もちろん充留になってからのね。前の俺には無理だったからさ。

ジョギングは初出勤の翌日から始めた。最初は走れなくて愕然《がくぜん》としちゃったよ。充留の身体って、びっくりするほど体力がなかったんだよね。二週間で少しはマシになったけど、まだまだ理想にはほど遠い。

前の俺だってさ、運動はあんまりしてなかったよ。中学のとき交通事故に遭った後遺症で、走れない足になっちゃったからね。歩く分にはそんなに問題なかったけど、たとえば何キロも続けて歩いたりしたら痛くなってた。

でも軽い筋トレとか柔軟体操はずっとやってたから、そこそこ体力もあったし、身体も柔らかかったんだけど……充留の身体はカチカチだった。ほんと、最初びっくりしたもん。前屈で手もつかないんだ！　って。

ちなみに二週間毎日かかさず柔軟してるから、いまは多少改善されてるよ。筋トレはしてないけど、代わりに毎日五キロくらいは走ってるし。休み休みだけどさ。前後にちゃんとストレッチもやってる。おかげで結構締まった気がするんだけど、どうかな。いや別にもともと痩《や》せてはいたんだけど、なんていうか、ただひょろーっとした身体だったんだよね。細いんだけど筋肉なくて、体脂肪率はそんなに低くないっていう感じ。

うちには体重計なんてないから、数字なんてわかんないけどね。

ま、鍛えたってマッチョにはなれないと思う。一卵性双生児だから体質も似てるはずなんだよね。前の俺は、なにをどうしたってムキムキにはなれなかった。筋肉がつきにくい体質みたいでさ。

ってことで、とにかくジョギングに出発。夜は暗すぎるから走らないことにしてるんだ。メインストリートは街灯があるけど、そこを走るのはさすがに避けたいし、それ以外の道は夜になると真っ暗なんだよね。だから走るのは、いつも仕事前。

朝の水里ってすっごく気持ちがいいんだ。空気がキンッとしてて、静かで、もちろん涼しくて。

これって冬はどうなんだろ。かなり寒いとは言われてるけど、実感はない。水道管が凍結するってのは意外だった。そういうのは、もっと雪国とかのイメージだったからさ。水里はそんなに雪が降らないって聞いてるし。

実はちょっと、それも楽しみだったりする。暑いよりは寒いほうが得意だし。

なんかね、水里で生活するようになってから、気のせいか体調がすごくいいんだよね。

まず朝起きた瞬間から違う。身体は軽いし、すっきりしてるし、目が覚めてすぐに動き出せる。東京で暮らしてた頃、起きてからもしばらくベッドのなかでグズグズしてたのが嘘みたいだ。

おまけに感覚全部がクリア。澄み切ってる感じがして気持ちいい。

本来の身体に戻ったというのもあるんだろうし、水里の空気や水があうってのもあるんだろうな。

悠は大丈夫なんだろうか。ずっとここで暮らしてたのに、いきなり空気の違う場所に行って、きついんじゃないだろうか。

「おはようございまーす」

アパートを出て走っていると、たまにランナーにあうから、とりあえず挨拶をする。朝って、なんかそういうことが自然とできちゃうんだよね。向こうも挨拶してくれるし。

ランナーのほとんどがいわゆる別荘族だ。普通のTシャツとハーフパンツの俺とは違って、ファッションも決まってるし、慣れた感じの人が多い。きっと大会とかにも出てるんだろうな。ちょっと憧《あこが》れる。

走るのって楽しいよね。せっかく走れる身体になったんだから、やらなきゃ損だろ。逆に入れ替わった悠には申し訳ないなって思ったけど、本人は「どうせ走らないから……」って、全然気にしてなかった。

東京は暑いんだろうな。水里で育ったあいつにはつらいだろうけど、頑張れ。それと、あの家でストレス溜めないように。

ほんと、申し訳ないくらい、俺はいまの生活が楽しいし、充実感を味わってる。大変なこともあるけど、つらくはないんだ。自分で掃除することも洗濯することも、料理することも、働くことも。

二週間前の俺はね、ほとんどなんにもできなかった。でもいまは違うよ。もともと器用だしさ。料理の腕前だって、ぐんぐん上がってるし。おっかなびっくり包丁握ってたのも、とっくに卒業。まだ慣れたってほどじゃないけど、まぁなんとかやってる。レシピとか調理方法とかは携帯電話で検索かけてるし、それほど外してはいないかな。アレンジはもっと慣れてからだよね。

そう、携帯電話なの。前はスマートフォン使ってたから、ちょっと懐かしいって最初は思ったけど、これはこれでいいなって思ってる。どうせやりとりする相手なんて、仕事では戸塚さん、プライベートでは悠だけだしね。

うん……実は昨日ちょっと悠に電話しちゃったんだ。向こうの様子も気になったし、報告もしたかったし……っていうのは、ただの口実。本当は寂しくて、もうどうしようもなくなって電話してしまった。

朝とか昼間はね、別に平気なんだ。でも夜、一人で部屋にいて、テレビもつまんなくて消した直後に、すごく寂しくなっちゃって。

ぼんやり昨日の夜のことを考えた。思ってたよりずっと悠は元気そうだったけど、心配してた通り、あいつに——夏木昌弘《なつきまさひろ》に疑われてるみたいだった。

顔はあわせるだろうって思ってたよ。父親や継母や異母弟なんかよりも、夏木に会う機会が一番多いだろうって。だってあいつは俺と弟の世話係で、運転手兼教育係で、将来的には跡を継ぐどっちかの有能な側近になる男なんだから。

変に鋭いところがあるやつだけど、どうせ「俺」なんかに干渉してこないだろうって思ってた。様子が違うって思っても、雰囲気とか口調とかが違うって気付いても、それで問題が起きなければスルーするだろうって。

だってあいつは俺にまったく興味がなかったからさ。興味がないから、あんな関係だって平然と受け入れてたんだと思うし。

あいつのことを思い出すと、まだちょっと胸のとこが痛いけど、きっとすぐに忘れられる。俺はもう山崎充留で、あいつとは二度と会うこともないんだから。親友だったやつと同じで、関係は断ち切れたんだ。

それにさ、不思議なんだけど「過去のこと」って感じなんだよね。始まってもいなかったから、終わったっていうのもおかしいんだろうけど。思い出とはちょっと違うんだ。現実感が薄いっていうのかな。親友に切られたことのほうが、よっぽど傷としては大きい気がするよ。

っていうか、いま自覚したんだけど。俺が夏木とあんな……セックスするような関係になったのは、親友に捨てられて寂しかったからじゃないか？　ダメだな、俺。寂しいとろくなことにならない。

俯《うつむ》きそうになる顔を意識して上げて、黙々と静かな道を走った。右も左も雑木林で、木のあいだから別荘とか低層マンションとかが見える感じ。カフェとかレストランとかホテルもあるけど、どれも土地に対して余裕のある建て方だ。条例で決まってるから、らしい。これは合宿で泊まったペンションのオーナーが教えてくれたんだよね。

あ。ペンションとかも調べて、いくつかよさそうなとこ覚えとこう。合宿で泊まったとこはオススメだな。女子受けよかったし。

いろいろ考えながら走ってたら、前のほうに犬を連れた背の高い男が見えてきた。

そういえば悠は犬が怖いって言ってたな。可愛《かわい》いのになぁ。俺なんて、昔からすごく飼いたかったのに、許してもらえなくてさ、指くわえて人の犬見てたくらいなのに。

それにしてもスタイルいいやつだなぁ……なんか、デカい犬を連れてる姿がさまになってる。あの犬ってなんだっけ。ちょっと毛が長めで……。

「あれ？」

近付いてみた——っていうか進行方向だった——ら、犬の飼い主は羽島主任だった。うわ、すげー意外。犬飼ってたんだ。でも似合う。

向こうも俺に気付いて意外そうな顔をした。

「おはようございます」

そのまま通り過ぎるのも変だから、とりあえず足を止めて挨拶をした。

「おう」

なにそれ。おう、って挨拶としてどうなんだよ。しかもじろじろと、人を値踏みするみたいに見てくるし。

まぁでもいい。気にしない。

「主任の犬ですか？」

「ああ」

「なんていう犬種でしたっけ」

「確かボルゾイとか言ってたな。あれだよ、別荘族が捨てていきやがった犬だ。もう三年くらい前だな」

「……ああ……」

ちらっと聞いたことがあった。水里の話じゃなかったかもしれないけど、ニュースかなにかでやってたような気がする。別荘に来た家族連れとかがこっちで犬を飼って、夏の終わりに帰るときに捨ててくってやつ。

もう何年も前のことだけどさ、ものすごく腹が立ったのを覚えてる。犬はアクセサリーかよって、ムカムカしたよ。

そうか、そういう犬を引き取ったのか……。

「主任、意外といい人なんですね」

あ、マズい。つい思ったことをそのまま言っちゃった。そしたら、チッてものすごいはっきりと舌打ちされた。しかめ面で。

でもそんなに怒ってないっぽいな。

「なるほどな。おまえが俺のことをどう思ってたのか、よくわかった」

「いや、だってなんか……」

「ま、実際いい人でもなんでもねぇから、もともとの認識のほうが正しいけどな」

「え？」

主任は犬を真横に座らせて、じっと俺を見た。

「捨てられた犬を引き取ったからって、別にいい人ってわけじゃねぇだろ。俺は犬が好きで、たまたま欲しいと思ってたときに、こいつと会ったってだけだ」

「それ言ったら、そうなんだろうけど……」

「まぁいい。そんなことより、おまえいつも走ってるのか？」

「はい。雨の日以外は走ってますよ」

この二週間で走らなかったのは二日だけだ。そのわりに主任とは会わなかったなぁ……俺が毎日コースを変えてるせいかな。道とか店の場所とか覚えなきゃって思って、意識して変えてたんだよね。

「どのくらい走るんだ？」

「距離は適当です。だいたい一時間くらい……少しずつ距離伸ばしてるとこですね」

なにしろ最初は連続で一キロも走れなかったもんな。いまだって、かなりペースはゆっくりだし、距離もたいしたことないんだ。なんたって、休み休みだからね。走ったり歩いたり、っていう感じ。

主任はふーんと言ったきり、またじろじろと俺を見た。なんとなく、値踏みをされてるような気分になった。

「なんですか……？」

「いや、どんな心境の変化かは知らないが、店にとっておまえの応対が変わったことはプラスだ。もとに戻ってくれるなよ」

「それはないと思いますけど」

中身が変わったんだから、戻りようがないんだけど、さすがに言えるわけがない。マジで戻らないと思うよ。だってこれが正しい形なんだから。念のために、悠と何度も手をあわせたり握ったりしたけど、異変は起きなかったしね。

なんていうのかな。パチッと嵌《は》まりこんでもう取れないし動かないみたいな感じ。あのときまでは、身体からちょっと浮いてる不安定なパーツだったんだよね、俺たちの魂とか意識とかそういうものって。

「俺はずっとこういう感じですよ」

「そうあってくれ。客からの評判もいいしな。おまえが紹介した店や観光スポット、ずいぶん喜ばれたそうだな」

「あ、はい」

「出入り業者からも、おまえの話を聞くようになった。もちろんいいほうの話だ。おまえに接客は無理だと思って、事務をやらせようと検討してたんだが、現状のままでいくことにした。しっかりやれよ」

「は……はいっ」

言い方は偉《えら》そうだけど、全然気にならない。言われた内容が超嬉しい！　これって褒《ほ》められたんだよな。うわぁ……なんか、マジで嬉しい。

俺が悠でいたときはさ、なにをしたって誰も褒めてくれなかったもん。成績はよくて当たり前だったし、家の手伝いなんてしたら使用人たちの仕事がなくなるって注意されちゃうような家だったし。そのうち反抗期を拗《こじ》らせちゃって、褒められるのとは逆の方向に突っ走っちゃったんだよなぁ。

嬉しくて顔が崩れそう。でもみっともないから我慢してたら、主任に呆《あき》れたような顔をされてしまった。

立ち話をしてたら身体が冷えてきた。そろそろ行こうかな、って思っていたら、ボルゾイの顔が進行方向だったほうに向いた。なにげなく見たっていう感じじゃなくて、なにかに気付いたって感じ。

「じゃあな」

「あ、はい。俺もそっちですけど、お先に」

もともと同じ方向に向かっていたから、予定はそのままでお互いに動き出す。俺は走ってるから、すぐ離れたけどね。

走り出してわりとすぐに、東京のナンバーを付けた一台の車とすれ違った。この時間から動き出してるってことは、ゴルフにでも行くのかな。

たいして気にしないで走ってたら、ドッグカフェが見えてきた。水里にはいくつもこの手のカフェがあって、ここは一番最初にできた店らしい。小さいけど庭にドッグランがあるし、犬用のメニューもあるんだってさ。今度入って……えっ？

なんで？　ドッグカフェの前に犬がいる。いや、ドッグカフェに犬がいるのは不思議でもなんでもないはずなんだけど、問題はこの店が定休日ってことだよ。だってドアのところにそう書いてある。

ドアノブのところにリードで繋がれてるのは一頭のコーギーだ。俺を見て、ブンブン尻尾《しっぽ》振ってる……。

「えええ……？」

近付いていって見ると、首輪になにか挟まってた。紙か、これ？

どうしよう。これ取って見てもいいのかな。なんとなくいやな予感もするし、だいたいこ
こ定休日だから店の人は今日来ないかもしれないし。

よし、見よう。首輪から折りたたんだ紙を外して広げたら、短い文字が書いてあった。

「マジか……」

なんだよ、これ。「差し上げます」って、意味わかんないんだけどっ！

「どうした？」

追いついた主任に声をかけられて、思わず振り向く。きっと俺、怒った顔してるんだろう
なぁ、って思いながら。

主任はなにも言わずに舌打ちをした。

「捨て犬か」

「はい。ご丁寧に、犬の年とワクチンの摂取月と種類まで書いてありますよ」

こんなの手紙じゃない。メモだ。ドッグカフェの人たちならなんとかしてくれるって考え
たのか？

あああああ、もうムカツク！　捨てるなら、最初から飼うなよ。事情があって飼えなくな

ったなら責任持って飼い主見つけろよ。

メモを握りしめてワナワナしてたら、ぽんって頭を叩かれた。いや、違うかも。いまのは撫《な》でられた？

「途方に暮れた顔してるぞ」

「お……怒ってたんですよっ」

「へぇ」

なんだよそのかわいそうなものでも見るような目！　そのくせちょっと笑ってるし、呆れてる感じもするし。

主任はボルゾイを座らせてから、コーギーに近付いてその前にしゃがんで、あちこち触り始めた。コーギーは嬉しそうにして、されるがままだ。

いいなぁ、俺も触りたい。

「太り気味だな」

「ですね」

「たぶん、さっきすれ違った車だな。ちょうど、うちのが反応してたしな」

「あ……」

そういえばそんなことがあったっけ。ボルゾイが急にカフェのほうへ向いたのは、犬の気配に気付いたからなのかも。

「とりあえず、ここのオーナーに連絡取るか」

「知りあいなんですか？」

「顔見知り程度だな。仕事で関わりがあって、携帯番号は知ってる」

「引き取ってくれそうな人ですか？」

「どうかな」

主任は携帯電話を取り出して、オーナーに電話をかけてくれた。でも繋がらなかった。電源が入っていないか、電波が届かないか、らしい。

「どうしよう……このままにはしておけないし」

時期的に寒さに凍《こご》えるってことはないけど、ここには水も食べものもないし、繋いだままで放置ってのはマズい。オーナーに任せるにしても、連絡がついて引き渡すまでは、誰かが見てないと。

「主任！」

「なんだよ」

って言いながら、全部わかってる顔してる。この流れなら、それしかないもんな。でも一応口に出すよ。

「預かってください。俺のとこ、ペット禁止なんです」

「仕事があるんだよ。おまえだって……いや、今日は休みか」

あ、意外。ちゃんとシフト表が頭に入ってるんだ。そりゃそうか。〈はしまや〉の責任者は主任だもんな。俺の休みは週二回で、休みのときはパートさんか別の部署の社員が入ることになってるんだ。戸塚さんが休みのときも一緒。

で、その主任は少し考えて、くいっと顎《あご》をしゃくった。

「その犬とついてこい」

「は、はい」

ジョギングは中止になった。俺は繋がれてたコーギーのリードを持って主任についていく。

それにしても二頭ともいい子だなぁ。最初っから全然吠《ほ》えたりしないし、変に興奮もしない。ボルゾイはともかく、あんな捨て方するような飼い主のとこにいたわりには、コーギーもしつけがちゃんとされてるよな。

たぶん主任も同じようなこと考えてるみたいで、ときどきコーギーを見て納得したような顔をしてる。

意外とわかりやすいかも。少なくとも夏木よりはずっと。

「まともだな」

「もしかして、しつけされた子をどっかからもらってきて、何ヵ月かで飽きちゃったパターンだったりして」

「ありうるな」

飽きたとか、思ったより手がかかるとか、大きくなっちゃったからとか、信じられないような理由で犬や猫を捨てる人たちがいるんだって。

「人懐っこいですよね、この子」

俺の隣をぴったり歩きながら、ときどき顔を見上げてくるのが可愛くてたまらない。なんでこんな子を捨てられるんだろ。アパートがペット禁止じゃなければ俺が飼いたいくらいだよ。あの職場だったら、連れていって休憩スペースで待たせておいてもよさそうな気がする。この子、すごくおとなしくて賢そうだし。あ、その前に病院につれていったほうがいいかも。健康そうに見えるけど、やっぱちゃんと診てもらわないと。

「おい、こっちだ」

少し歩いて、駅から伸びる目抜き通りに出ると、人や車の姿も見かけるようになる。どこへ行くんだろうって思ってたら、主任はすぐ近くにあるビルに入っていった。

ビルっていっても三階建てだ。水里は条例で、高い建物は作れないらしいんだよね。三階までって決まりがあるんだってさ。

「民芸家具……」

ビルの一階は店舗で、家具店らしい。民芸ってあれかな、水里彫りとかいうやつ。別の店でちょっと見たことあるけど、あれはすげぇ高かったな、職人の手作業で一つ一つ作ってるらしいから仕方ないけど。

「なにしてる。来い」

相変わらず偉そうだけど、全然気にならない。イヤミがないんだよね、この人。傍若無人《ぼうじゃくぶじん》ってわけでもないし。

「ここって……？」

「一応、自宅だ」

「え……」

「いいから早く来い」

もう背中向けてるよ。俺がついていくって疑わないんだろうなぁ。いや実際についていくけどさ。つまりこれって、コーギーを預かってくれるってことだよね。

エレベータなんてないから、内階段を上がってく。結構緩やかな階段だ。だから俺はもちろん犬も難なく三階まで上がった。二階は家具店の倉庫なんだって。ちょっとコーギーの息が上がってる気がするけど、大丈夫かな。

部屋はがらんとしてて、必要なものしかないって感じ。でっかいワンルームだ。俺のアパートの三倍はあるけどさ。ソファは長いのが一つ、ダイニングテーブルはなくてキッチンカウンターが伸びてる部分で食べてるっぽい。隅《すみ》っこには大きめのベッド。絵とかは飾ってなかった。

「ワンルームなんですね」

「本当は１ＬＤＫだけどな。四畳半は犬専用」

「犬部屋があるのに自分の寝室はないって……どれだけ犬好きなんですか」

「そういうんじゃない。俺は狭苦しいのが嫌いで、犬とは別々に寝たいってだけだ」

「ふーん……」

ベッドに犬を上げるタイプではないらしい。まぁ、そのへんはイメージ通りかな。犬と寝てる主任って、なんかシュールだもん。

ところでさ、悠は主任がどこに住んでるのか知ってたのかな。話に出なかったから、うかつな話題が振れなくて困る。もし社員なら誰でも知ってることだったら、ヤバいし……あ、でも何回か家の近くで見かけたとか言ってたな。そのとき、近くに住んでるとは言わなかったから、知らなかったって考えていいのかな。よし。

「こんなに家近いのに、あんまり会わないですよね」

「遠目に見たことは何回かあったぞ。おまえ、自転車通勤だろ」

「あ、それはもうやめました。いまは歩いてます」

歩いたり走ったり、半々くらいかな。自転車はまったく乗ってない。スーパーに行くときも引いてくしね。重いもの乗せるカートみたいな扱いだよ。

「急にどうした？」

「体力のなさを自覚して、愕然としたんです」

考えておいた理由は、シンプルにこんな感じ。二十歳なのにあまりにも体力がないことに焦って、運動を始めてみたら楽しかった……みたいなね。そんなに無理のある理由じゃないと思うんだ。

実際、主任は納得してくれたしね。

「適当に座れ」

ソファを差されたから、おとなしくそこに座ることにした。主任はキッチンカウンターのとこの椅子《いす》だ。

「なんか……ものが少ないですよね」

「仮住まいみたいなもんだからな」

「え、そうなんですか?」

「自分の家もあるんだが……無駄《むだ》に広い庭がある一戸建てでな。一人だと面倒だから、人に貸してたんだ」

詳しく話を聞くと、母方のお祖父《じい》さんから相続したものらしい。主任のお母さんは後妻さんで、兄さんは先妻さんの子供だそうだ。羽島家も相当だけど、お母さんの実家もかなりのものらしいよ。

ちなみに恭悟さんのお母さんはもう亡くなってる。兄弟の仲は悪くないけど、よくもないって言ってたな。兄弟っていうより、社員同士って感じだって。

で、そのお兄さんはすごい勢いでホテル業を拡大させてて、次男の主任は飲食店部門や不動産部門に関わってるらしい。

「せっかくワンコいるんだから、そこでもよかったじゃないですか」

「ここ借りたときは飼ってなかったんだよ」

「ああ……」

「契約は先月で切れて、リフォームもしてるんだが、どうしようかと思ってたところだ。新しい借り手を見つけるのも大変だからな」

「選択肢って、自分で住むか借り手を探すか、の二つ？」

「シーズンレンタルや、短期貸しって手もあるが、どうしても夏に集中するからな。温泉が付いていれば別なんだが」

「付加価値か……あ、だったら犬連れさんにアピールできるようにしたらどうですか。二、三頭までOKにして、床も犬に配慮した素材に張り替えて、庭が余ってるっていうならドッグランとか作って」

水里には犬連れOKの飲食店がいくつもあるし、きっとこれからも増えていく。別荘族だけじゃなくて、犬を連れて旅行したいとか避暑したいとかいう人たちも多いはずなんだよね。実際、知りあいでもそういう人がいたし。

「犬連れか……」

あ、主任の目の色が変わった。なんか仕事のスイッチが入っちゃった感じだ。なんか、ブツブツ言ってるぞ。

どうしようかな。放っておいたほうがいいよな。

「実は、遊んでる物件がいくつかあってな」

「え？　ああ……」

いきなり戻ってきた。どうやら話し相手にならないとダメらしい。

羽島リゾートは不動産の仲介や売買もやっていて、なかなか売り手がつかない土地や中古物件もあるんだって。まぁそうだよね。戸塚さんの代わりに入ってくれる、営業さんからも聞いたことがある。

「そういうのをリフォームして、一泊単位で売るのはどうだ？」

「いいんじゃないですか。夏に集中しそうだけど、もし温泉引けたら一年中売れますよね」

「権利はあるが、問題は引っ張っていくのが場所的に無理ってことだな」

「だったら、ホテルの温泉にタダで入れる券とかつけるのは？」

移動時間はそれなりにかかるけど、日帰り入浴も結構高いみたいだし、ビジターが入れる時間って、十時から五時くらいまでなんだよね。時間帯もフリーにしたらいいんじゃないだろうか。

「客が少ない冬場とかは、ホテルと貸別荘のあいだの送迎つけるとか。オプションでいいと思いますけど。そしたら風呂のついでに食事するって人も、出るかも」

「それなら車のない客も使いやすいか」

「酒飲みたい人もです。別荘がいくつか固まってるなら、真ん中くらいに共用の風呂作って、そこに毎日温泉運んじゃうとかもいいんですけどね」

「……実は一万坪《つぼ》の土地を、どうするかって話もあるんだが……そうなると戸数を稼ぐためにコテージタイプがいいか。ドッグランも共有なら、かなり広く取れる……レストランはやめて、代わりに送迎をすれば……」

あれ、マジで考えてる。そうか、そんな計画があるんだな。でも俺が聞いちゃっていいのかな。ま、話したんだからいいんだよね。

それにしても一万坪かぁ……それって、どれくらいだろう。具体的なイメージが全然わかないや。

しばらく考えたあと、主任はまた俺の顔を見た。

「店に来る客の、年齢層とグループとしての人数に変化はないか?」

「少し若返ったような気がします。あと、一人で来る女の人が、最近ちらほらいます」

突然の質問だって慌てないよ。過去のデータが店に置いてあるから、ちゃんとそれも見たし。っていうかさ、充留は二年目だから、もともと蓄積データってないんだよね。けど、水里に来た観光客として言えることはある。

「テレビで取り上げられて、若い人が増えたみたいですよ。お客さんから、テレビで見た店を教えてくれって、何回か聞かれたし」

店名を覚えていなくて苦労したけど、営業の人がテレビで取り上げられた店をチェックして情報をくれたからなんとかなったんだ。理想としては、特徴を言われただけで店の目星がつくことなんだけどね。まだまだ勉強不足。

「観光協会が必死になってるあれか」

「熱心に売り込んでるって話は聞いてます」

そんなことしなくてもいいとは思うんだけど、夏の賑わいに比べると、どうしても秋から春にかけては観光客が減るんだよね。温泉はあるけど、温泉地として有名なわけじゃないからね。なんていうか「水里って避暑地でしょ。温泉あったんだ？」くらいの認識なんだ。ついこのあいだまでの俺がそうなんだけど。

「でも、リピーターになるかどうかは微妙だと思います。水里って、カフェとかレストランの相場が高いじゃないですか。宿は普通だと思うけど」

「確かにな」

なぜか主任は満足そうに笑ってる。ここって笑うとこじゃないよね？

きょとんとしてると、主任はくつくつ笑ったあと、椅子から立ち上がった。

「そろそろ俺は仕事に行く。おまえは医者にそいつを診せて、問題ないかチェックしてもらえ。病気だから捨てたって可能性もあるからな」

一万円札を渡されてしまった。診察代ってことだよな。

「え、でも……」

「一応これも見せて、俺の代理だって言え」

動物病院の診察券だ。ボルゾイの名前はエリーちゃんか。で、診察は九時から……と。

主任に診察代を出してもらうのは気が引けたけど、ジョギング中だったからポケットに千円しか入れてなかったんだよね。仕方ない、あとで返そう。俺が見つけて、俺が預かってくれって言ったんだから、俺が出すべきだと思うんだ。

って考えてたら、主任はどっかからキーを出してきて、無造作に放り投げてきた。

「えっ、ちょ……これ鍵《かぎ》っ……」

「俺は八時半に出る。おまえは医者に診せたあと戻ってきて、二頭の子守でもしてろ。昼休みには戻るから、結果はそのとき聞く」

「もしかして、いつも戻ってるんですか？　エリーのために？」

疑問に思ったことをそのまま聞いてみたら、主任はしかめ面《つら》で舌打ちをした。あ、これは照れ隠しだ。

「会社まで十分もかからないんだから、戻ったっておかしくないだろ。こっちのほうが、寛《くつろ》げる」

「まぁ……そうですね」

そういうことにしておこう。たぶん目が笑ってたせいなんだろうけど、主任はまた舌打ちして、着替えに行ってしまった。廊下《ろうか》に作り付けのクローゼットがあるってどうなんだよ。犬部屋にあるのもどうかと思うけどさ。

「あるものは適当に食っていいぞ」

そんなこと言って主任は出勤していった。

信用されてるんだか大ざっぱなんだか、よくわからない。確かに俺はあの人の部下だけどさ、いきなり家に上げて合鍵渡すのって豪快すぎない？

九時までどうしよ。病院って歩いて五分くらいのとこらしいし、かなりヒマ。

腹は減ってるけど、さすがに人の家のもの食べるのはなぁ……いくらいいって言われてても遠慮しちゃうよね。

「ま、朝抜くくらい、いっか」

独り言を呟《つぶや》いてから、ソファに座った。犬たちは、いつの間にか床にうつぶせになって寛いでた。

おとなしいなぁ、二頭とも。突然知らない犬と人が家に入ってきたのに、エリーはそんなに気にしてないみたいだし。おおらかな子なのかな。それにコーギーも結構大物だ。だって自分の家みたいな顔してるよ。捨てられたっていう悲愴感はないよね。でも上目遣《うわめづか》いに俺のこと見てるから、こいつなりにいろいろ思うところはあるんだろうな。

「大丈夫だよ。なんとかするから」

主任に頼み込んで飼ってもらえたら最高だけど、だめでも飼い主を探す協力くらいはしてくれそうだ。知りあいも多そうだしさ。

とりあえず診察券の裏の、簡単すぎる地図を見て道を覚えて、九時十分くらい前になったら出かけよう。


結論から言うと、コーギーは医者に太鼓判《たいこばん》を捺《お》されるくらい健康だった。問題があるとすれば、主任が言ってた通りちょっと太り気味ってことくらい。でもそれも散歩をすれば解決しそうな程度らしい。どうもあんまり散歩させてもらってなかったみたいなんだよね。

ってことで、主任の家に戻ったのが十時前。昼までどうしよう……って思ってるうちに、俺はソファで寝ちゃってたらしい。

「いい度胸だな。おい、起きろ」

頭を小突《こづ》かれて、ガバッと起き上がったら、目の前に主任がいた。顔を見てから、自分が寝ちゃってたことに気付いたんだ。こういうときって、一発で目が覚めるよね。心臓はバクバクしてるけど。

「お……はようございます……」

「うちのソファは寝心地がいいか」

「……いいです」

マジでうちのベッドよりいいよ。あれって安いパイプベッドだし、マットもへたってるからイマイチなんだよね。

正直に答えたら、ぷっと笑われた。あ、怒ってないんだ。

「メシを買ってきた。俺たちも食うぞ」

「え……」

俺たちも、ってことは……。あれ、二頭ともいない。

「あいつらも部屋でメシを食ってる」

なるほど。俺が寝こけてるあいだに、主任が二頭を部屋に連れていってドッグフードをやったらしい。犬部屋にはケージもあるから、一応二頭を隔離しておけるんだって。ケンカとかしそうもないけどさ。

主任が買ってきたのは、弁当っていうより折り詰めってやつだった。松花堂弁当を豪華にしたような感じ。絶対これ、売ってるやつじゃないよな。

「主任……これって……」

「ちょうどホテルに行く用事があったからな」

「ってことは〈満《み》ず里《さと》〉の……」

「ああ」

なにやってんの主任。〈満ず里〉って言ったら、羽島リゾートの本丸〈ホテル&リゾート羽島〉にある和食の店だ。高いんだよ。実は合宿中にランチしようってことになったんだけど、値段調べた誰かが無理って言い出してやめたくらい。

じっと見てたら、さっさと食えって言われた。

「い……いただきます。あとで払えって言わないですよね？」

「言うかバカ」

「じゃ遠慮なく」

過剰な遠慮はしないに限る。特にこのタイプは、いつまでもグズグズ言ってると、イラッとするタイプだろうし。

うん、さすがに美味《うま》い。こういうの久しぶりだな。手の込《こ》んだ和食って、充留になってから食べたことなかったもんなぁ。海老《えび》しんじょうも炊《た》き込みご飯も美味い。お茶がペットボトルなのが惜しいけど。

「好き嫌いはないのか」

「えー……と、酢飯《すめし》がちょっと苦手です」

「へぇ、寿司《すし》がだめなのか。そりゃ気の毒だな」

人生を損してるとでも言いたげだな、ちくしょう。実際悔しいよ。けど、ダメなものはダメなんだからしょうがないじゃん。酢が嫌いなわけじゃないんだよ。むしろ酢のものとか好きだし、ご飯も好き。けど、この二つが合体したらダメなんだ。

「ちゃんとした和食って久しぶりです」

「そうだろうな。料理なんかしなさそうだ」

「してますって。下手ですけど、ちゃんと自炊《じすい》派です」

「へぇ」

自炊派もなにも、始めてまだ二週間だけどね。ま、そのへんは心意気ってことで。実際ね、まだ一回も総菜とか弁当買ったり、お助け調味料を使ったりしてないよ。カップ麺《めん》だって食べてない。

「それはそうと、診察の結果は？」

「あ、異常なしでした。ちょっとぽっちゃりなのは、毎日の散歩で解消されるんじゃないかって言われました。運動不足みたいで。あ、カルテ作るのにあったほうがいいって言われて、仮名をつけときました」

「どんな？」

「モモ」

「よくある名前だな。確か犬だか猫の名前ランキングでトップ取ってなかったか？」

「だからですって。仮だって言ったじゃん」

仮でいいから、って言われて、パッと浮かんだのがそれだったんだから仕方ない。それに可愛いし、いいと思うんだけどさ。

主任はどうでもよさそうに、ペットボトルのお茶を飲んでから言った。

「こっちはオーナーと連絡がついた。飼い主を探す協力はできるが、預かりは厳しいらしい。で、こっちで責任を持つことになった」

「見つかりそうですか？」

「いるだろ、ここに」

え……なにそれ、もしかしてそれって俺のことか？　いま、くいって顎で俺のこと差したよね？

「だからアパートはペット禁止でー」

「場所は提供する。だから、おまえが飼え」

「はぁ……？」

ちょっと意味がわからない。冗談でも言ってるのかなと思ったけど、そんな感じじゃなかった。

「朝晩、ここに来て散歩とかいろいろ世話しろってことですか？」

「惜しい」

「え、違うんだ……」

「いまのところは、そんな感じでいい。近いしな。リフォームが終わったら引っ越すから、そのときは住み込みで世話しろ、二頭とも」

「はっ？」

箸《はし》が止まっちゃったのも、たぶん間抜け面だろう顔になっちゃったのも仕方ないと思う。なに言ってんの、この人。あ、これ朝も思ったっけ。

だってまともな会話したの、今日が初めてだよ。や、しゃべったことはあるけどさ。職場で、ちょっとだけだったじゃん。なんでいきなり下宿持ちかけられてんの？

「住み込みのペットシッターだ。ついでに掃除と洗濯と料理をすれば、家賃は取らない。家は3ＳＬＤＫで二階建て。土地は三百坪強だ。ドッグランは大型犬用のが取れるほどじゃないから、付けないことにした」

「はぁ……」

「おまえの部屋も取れる。どうだ？」

「どうだ、って……」

いきなり言われたって困るって。もしかしてこれも一種のスカウトなのかな。確かにコーギー……仮名モモと暮らせるのは嬉しいし、ボルゾイなんて大型も一生縁がないと思ってたから嬉しいけどさ。

うん、魅力的な話ではあるんだよね。家賃タダってすごくない？　庭付きの一戸建てだよ。それに主任の家なんだから、絶対設備とか整ってるだろうし。冬になって寒さが厳しくなっても、暖房効率や気密性はバッチリのはず。

なんかこういう心配をしてるのが新鮮で、実はちょっとわくわくしてたんだよね。俺が生まれ育った家って、はっきり言って豪邸《ごうてい》だったからさ。

「……えっと、ちなみに場所ってどのへんですか？」

「沓森《くつもり》ってわかるか？」

「えーと、駅の反対側の西のほう……？」

「かなりざっくりした答えだが、間違っちゃいないな。駅から車で十分もかからないぞ」

車でそれくらいってことは、歩くとかなりかかるよな。三十分じゃ無理な気がする。都会と違って、十分あったら相当遠くまでいけるもんな。

「歩いて通うの大変そう……」

「車に乗っていけばいいだろ。俺が休みの日は諦めて自転車にすればいい。たぶん、自転車なら二十分もかからないはずだ。ジョギングコースとしてもいいぞ。このへんよりも静かで自然環境も整ってる」

「その分、買いものが不便じゃないんですか？」

「ミノヤが比較的近い。距離的には五百メートルだな」

ああ、うん。それは近いね。水里で一番大きなスーパーで、駐車場もとんでもなく広いんだよな。一回だけ行ってみたことがある。でもって五百メートルってのは、かなり近い。もちろん水里基準で、だけど。

食費も二人分なら浮くよなぁ。光熱費はかかりそうだけど、家賃タダっていうのは大きいし、なにより犬！　一軒家で犬と暮らせるんだ。

これは断ったら後悔しそうだなぁ。主任もメリットがあるから言ってるんだよな。余ってる部屋を提供して、タダでペットシッターと家政婦をゲットする感じ？

「あの、掃除とか不充分っていうか、たぶんやりきれないと思うんですけど」

「定期的にプロを頼むから、おまえは日常的にざっとやればいい」

「あ、なるほど。それなら安心。えーと、ぜひよろしくお願いします」

「おう」

鷹揚《おうよう》に頷くのがサマになってるよなぁ。慇懃無礼よりは偉そうなほうがずっといい。二十年間、使用人たちにいろいろやってもらって、かしずかれるってほどじゃないけど、ご令息として扱われてきた俺が、今度は主任の小間使いになるわけだね。別にいやじゃないよ。むしろ気が楽かも。

「家のことは、あんまり期待しないでください。スキルは低いんで」

「誰も期待してねぇから安心しろ。おまえに期待してんのは犬の世話だ。車の免許は持ってるのか？」

「いえ」

「じゃあヒマを見つけて取れ。あったほうが仕事の幅が広がる。いずれ〈はしまや〉以外のこともやってもらうかもしれないからな」

「は？　え、だって異動の話はなくなったんじゃ……」

「前に出てた話は確かになくなった。だが先のことはわからないだろ。今日話してみて、使えそうな気がしてきたからな。発想が俺に近い。せいぜい俺の役に立てよ」

「はぁ」

ようするにあれか、アイデア出したり、話すことでインスピレーションを刺激しろとか、そういうこと？　まぁいいけどさ。俺だって羽島リゾートの社員なんだし、接客は好きだけど〈はしまや〉以外の現場にも行きたいっていう気持ちはあるし。

ホテル&リゾート羽島のメインダイニングでもやってみたいし、ロビーラウンジもいい。テラスカフェのアフタヌーンティーもサーブしてみたいな。

「俺、このまま接客がやりたいんですけど」

「苦手はすっかり克服したのか」

「たぶん」

「変われば変わるもんだ。ま、いい変化だからいいけどな」

嬉しいな、いい変化って言われた。こんな些細《ささい》な言葉にも喜んじゃうって、俺どれだけ褒められたいんだろうね。

「できればホテルのレストランとかラウンジにも入りたいです」

「そのうちな。いまは〈はしまや〉と、俺のアシストをやれ。そもそもホテルの人事は俺の一存じゃ決められないしな」

「それ言ったら、主任のアシストもいいんですか?」

「問題ない。ちょっとシフトをいじって、〈はしまや〉に入る時間を減らすだけだからな。きりきり働けよ」

「はーい。ごちそうさまでした」

ちょうど食べ終わって、かなり満足。量もだけど、やっぱり質が最高。欲を言えば、こういうのを温かい状態で食べたいなぁ。そのうち自分へのご褒美《ほうび》って感じで、食べにいこう。とりあえずランチで。

「午後はいろいろ必要なものを買ってこい。あのドッグカフェを特別に午後四時から開けてもらえることになった。売店も併設してるからな」

「はい」

「買ったらそのまま車で届けてもらえ。そのへんの話も通してある。適当に見繕《みつくろ》って、持ってこさせようと思ってたんだが、おまえにも好みはあるだろうしな」

やることが素早い、というか、ぬかりないな。意外なほど気がまわるよね。ちょっと見た感じだと、そんなふうにも見えないんだけどさ。好みって、リードとか首輪とかの色形ってことだろ？　食器とかも。

いい男だよなぁ、ほんと。モテそうだけど、主任には浮いた噂《うわさ》はないらしい。戸塚さんが、ぼそっと言ってた。ああ見えて真面目なのよって。彼女は去年くらいまでいたらしいけど、仕事ばっかりの主任とあわなくて別れたんだってさ。彼女の優先順位が、仕事と犬より下だったみたいで。うん、それは別れるよね。

「今日は七時前には帰ってくる。メシ作って待ってろ。好き嫌いはないない」

「えええっ！」

「期待はしてねぇよ。食えればいい」

さらに追加で一万円！　犬のグッズとかフードとかは、請求書をもらう形にするって言われたから、これは単純に食費？　いやいや、診察代のお釣りだってあるし、こんなにいらないんですけど……高い肉でも買えってことか？

質問する間もなく主任はまた出かけちゃった。

信用されてる、って思っていいのかな。うん、だよね。でなきゃ合鍵渡したり、一日留守番させたり、大事なエリーを預けたりしないよね。

それにしても夕食か。どうしよう、俺の料理なんて人に食べさせられるようなものじゃないのに。

とにかくレシピ検索して、買いものに行かなきゃ。あ、その前に冷蔵庫のチェック。なにがあるのか確認しよう。

なんだか思ってもみないことになったけど、ちょっとわくわくしてる。

一人で寂しかったせいか、誰かと部屋にいたり食事したりするのが嬉しくて仕方ないんだ。犬もいるしね、二頭も！

心の隙間《すきま》にするっと入られちゃった感じで、俺は主任と深く関わることになった。


それからの二週間は死ぬほど忙しかったよ。慣れないせいもあったけどね。

出勤の一時間くらい前に主任の家に行って、二人でエリーとモモの散歩。なぜか一緒に犬連れOKのカフェとかで朝ご飯を食べて、出勤。朝ご飯代は主任持ちだ。で、仕事帰りに買いものして、晩ご飯作ってまた一緒に食べて、夜の散歩も二人で行って、解散……と。たまに外食もするよ。主任がなにか特定のもの食べたくなったり、行きたい店があるってときだけど。

ちなみに仕事は、週のうち四日が〈はしまや〉で、一日は主任の仕事を手伝ってる。でもこれは基本で、急に呼び出されることもある。そういうときは、主任の指示で代わりに誰かが来てくれる。

今日は臨時呼び出しを食らった。

「企画が通った」

車で現れた主任は、一緒に乗せてきた事務の人を〈はしまや〉に置いて、代わりに俺を連れ出した。その人も戸塚さんもすっかり慣れちゃってる。

なんかね、知らないうちに、主任のアシスタントとしてみんなから認められちゃってるらしいよ。戸塚さんなんて喜んでたもん。頑張れって応援もされちゃった。主任は間違いなくもっと上に行く人だから、将来的に俺が右腕になれれば、って思ってるみたい。

「ドッグラン付きの貸別荘は秋から工事に入る。家は床を中心にリフォームするくらいだから、クリスマスには間に合うな」

「あ、じゃあアップしていいんですか？」

「ああ」

よし、これは俺の仕事だ。羽島リゾートのホームページからリンクを張ってもらえるように、紹介ページを作ってたんだよね。グループ内ではあるけど、貸別荘は独立したページで予約を受け付けるってことになったから、勉強しながら作ってたんだ。今日はこれから別荘の写真を撮りにいくとこ。

「チェックイン、アウトのシステムも通ったぞ」

「じゃ、ほぼ全部通ったんだ」

「ああ」

それはすごいな。結構いろいろと却下されると思ったんだけど。

だって提案したシステムって、利用客が一度もスタッフとあわずにすむっていうやつなんだよ。ネットか電話で申し込んで、宿泊料金を先払いしてもらうと、専用の暗証キーを教えるっていうね。玄関は電子キーロック式ってわけ。で、チェックインの日は好きな時間に来てもらって、チェックアウトの日は十一時までに出てもらう、という感じ。いろんな客がいるだろうから、トラブルは起きると思うんだけど、それはなんでも一緒……ってことになったらしい。意外と攻めの姿勢だな、羽島リゾート。

主任の車で別荘へ行って、外観と庭、室内の写真を撮りまくった。床は張り替えるけど、いまのと似た色にするから写真ではわかんないはず。ドッグランは完成予想図みたいなのになっちゃうけど、これは完成次第差し替え。

カメラを下ろして、ふっと息をつく。こんなものかな。写真なんてほとんど撮ったことなかったし、撮ったとしても携帯電話のカメラ機能だったから、すげー緊張した。しかもこれ、いろんな人が見るわけだし。

「寄越せ」

偉そうに手を出してくるから、カメラを渡した。コンパクトカメラじゃないよ。ちゃんと一眼レフだ。

主任は撮った写真を確認して、そのまま黙って何枚か撮り直した。無言のダメ出し……。

でもこんなことで、いちいち落ち込んだりしない。ダメだった画像は残してるみたいだから、これはあとで比べろってことなんだろうな。

来たついでに窓を開けて風を通すことにした。もともとあった家具類はそのままだ。工事が入る前に来ていったん片付けなきゃいけない。

「これって、そのままですか？」

「まだ新しいからな」

ここは築一年で、実はまだ誰も住んでない。っていうのも、建てて家具とか揃《そろ》えて、さぁ住むぞってときになって、売り主が急死したからだ。で、相続とかでゴチャゴチャして、半年かかってようやく片が付いたらしい。未入居だからすぐ売れそうな気がしたけど、実際はそうでもなかったみたい。

「曰《いわ》くつき、ってほどじゃないですよね」

「ないが、未入居の理由を言うと二の足を踏まれるんだよ」

「あ、縁起が悪いとか、そういうことですか？」

「ああ」

そういうものなのかな。別にここで倒れたわけじゃないし、いいと思うんだけどな。まぁでも、今回の企画にとっては、ちょうどよかったよね。貸別荘なら、前のオーナーがどうとかって関係ないし。

主任はソファに座って、入ってくる風に目を細めた。

うわ、絵になるなぁ。やっぱり格好いい……。

「おまえも座れ」

「あ、はい」

ソファはL字型の大きいやつだから、余裕で座る場所がある。ああ、このソファすごくいいやつだ。イタリアのだよ。

それにしても風が気持ちいい。水里は涼しいとこだけど、アスファルトだらけの中心地とこういう別荘地じゃ、やっぱり違うんだよね。こっちのほうがずっと涼しく感じるし、実際に少し涼しいんだと思う。

いいなぁ、こういうとこ。主任の家……一軒家のほうも、こんな感じなんだよね。一度見にいって、俺の部屋も決めてもらった。ちょっと楽しみ。

「おまえさ……」

「はい？」

あ、そうだった。隣に主任がいたんだった。なんかもう近くにいても気にならなくなってきちゃったんだよなぁ。

「恋愛対象、男だろ」

「っ……」

はっきりわかるくらい息を呑んじゃった。ヤバい、これフォローできそうもない。からかうような口調じゃなくて、わりと真面目に言ってるから、意図がわからなくて目が泳いだ。

確かに好きだった相手は男だ。夏木という性格の悪い男に、不毛な恋をしていた。片思いってだけなら別に不毛じゃなかったのに、俺はバカだったから、せめて身体だけでもって思いつめちゃって、何度もあいつと寝てしまった。顔と身体だけは、あいつの好みだったらしくて、あっさりそういう関係になっちゃったんだ。

もちろん最初に釘《くぎ》は刺されたよ。あくまでセックスだけの関係、いわゆるセフレですよって。恋人になれるかもしれないなんて思うなって。

冷静に考えて、ひどい男だよね。だってあいつ、俺の気持ち知ってたもん。告白はしてないけど、絶対に気付いてた。気付いてるのに、セフレとしてなら受け入れるって、どうかと思うよ。

まぁ、そのへんもわかってて抱かれてた俺も大概だけどさ。結局、よくわかってなかったんだよね。好きな人からまったく相手にされないのがつらくて、せめて身体だけでもって感じで抱かれたけど、実際抱かれたら、もっと虚《むな》しくなっちゃったんだ。

おかげで踏ん切りがついたってのもあるけどね。ここ何ヵ月かは、虚しくなりすぎててセックスしてなかったし。

夏木は俺から誘わなかったら、絶対抱こうとはしなかった。丁寧だけど愛のないセックスって、ほんと虚しかった。それに丁寧っていっても、扱いが乱暴じゃなかったって意味でしかないし。

全部終わったことだから、もういいけどね。強がりじゃなくて、本当にもういいって思える。残ってるのは、バカなことしたなっていう後悔だけだ。

「……なんで、わかったんですか？」

「なんとなく」

野生のカンかよ。あ、もしかして主任も？　だから気付いた？

「あの、主任は……？」

「男に惚《ほ》れた経験はないな。寝たこともない」

「あ……そうですか」

じゃあ本当にカンなんだな。おかしいな、別に男に対してそれっぽい視線送った覚えないし、態度取ったこともないはずなんだけど。だって対象じゃないからね。夏木を好きだったのと、同性が恋愛対象なのは、また別問題だからさ。

「付きあってんのか？」

「いえ。振られた……っていうか、まぁ……いろいろあって……」

「……まだ好きなのか？」

「別に。失恋したけど、もうそんなに引きずってないです」

「水里の人間か？」

質問が次々飛んでくるなぁ。なんでそんなに興味津々《しんしん》なんだ。同性愛者が珍しいのかな。それとも恋バナがしたいとか……いや、それはないか。

思わず苦笑しながら、俺はかぶりを振った。

「違います」

「まさか観光客か？　おまえ、水里から出てないだろ？」

客や別荘族相手っていうのはマズいよな。そういうとこ、主任って厳しそうだし……でも充留の交友関係って狭い、っていうか、ほぼなかったらしいし。

「……アパートの……もう引っ越しちゃったけど、同じアパートに住んでた人です」

「ふーん」

「あの、たまたまっていうか……別に俺、恋愛対象が男ってわけじゃないですよ。確かに男の人、好きになったことありますけど、誰でもってわけじゃないし」

だから心配しなくていいよ、って意味を込めて言ってみる。主任が俺のこと警戒して、いままでみたいに仕事できなくなったり、犬の世話とか住み込みの話とかが消えたら困るんだよね。だって俺もう、すっかりその気だし。

「それはなんだ？　俺は対象外って意味か？」

ムッとしてるんだけど……どう受け取るべき？　モテる男は、たとえ相手が男でも対象外ってムカツクのか？　それとも……いやいや、まさかね。だっていままで、そういう雰囲気皆無だったもんな。

「客観的に見て、主任はすごく格好いいと思いますよ」

「フォローのつもりかよ。主観的にはどうでもいいって言いたいのか」

「そんなこと言ってないでしょうが」

なんだ、この人ちょっと面倒くさいぞ。これって難癖《なんくせ》つけられてんのか？　それとも拗《す》ねてんの？　だいたいさ、男にモテて嬉しいのか？　どうしよう、なんて言ったら丸く収まるのかなぁ。

うーん……。

「はっきり言えるのは……主任は俺が会ったなかで一番いい男、ってことかなぁ」

「前に好きだった男よりもか？」

「はい」

ここは迷いなく頷ける。夏木はさ、見た目とか能力とかはともかく、性格が破綻《はたん》してたもんな。もし中学生のときの俺が主任と知りあいだったら、絶対夏木のことは好きにならなかったと思うんだ。

主任って野心家で自信家で偉そうだけど、傍若無人ってわけじゃないしさ。むしろ人間としてバランス取れてる人じゃない？　だってこれでまだ二十六だよ。あと五年もしたらさ、絶対もっといい男になるよね。包容力があって余裕があって、でもどこかやんちゃな部分のある大人の男に。

「なんていうか……子供だったんですよね、俺……」

あれは純粋な恋じゃなかった気がする。夏木はひとまわりも上だったし、物理的な意味で一番近い相手だったから、縋《すが》っちゃったんだろうな。ほら、俺って家のなかで孤立してたからさ。

「一種の依存だったのかも」

「父親を求めてた感じか？」

「近いものはあるかなぁ……」

愛情を求めてたのは事実。でも父親ってのは違和感がある。あれは父親のタイプじゃないだろ。父性とか全然ないよ。あ、そういう意味では俺の父親に近いかもね。

「依存か」

「意外と寂しがり屋なんですよ、俺」

「知ってる」

「え？」

なんで知ってんだよ。俺、そんなこと口に出した覚えないぞ。でも疑問を口に出して言うのは憚《はばか》られた。恥ずかしいじゃん。

代わりにじっと見つめてみたんだけど、スルーされちゃった。別にいいけど。っていうか、態度が変わらないのはありがたかった。男が好きだったって知っても、主任はあんまり気にしていないみたい。

「そろそろ次行くか。その前にメシだな」

「あ、もう一時だ」

貸別荘は今回三軒同時に始まることになってて、工事も並行してやってる。場所はバラバラで、タイプも違うんだよね。ここは平坦《へいたん》な土地に平屋建ての3LDKだけど、ほかは二軒とも傾斜地に建ってて、片方は平屋の2LDK、もう片方は二階建ての4LDKにプレイルーム付きっていう、わりと大人数向きなんだ。

窓を閉めて、しっかり戸締まりを確認して、一軒目をあとにした。

「そういえば、もう一つのほうはどうなったんですか？」

貸別荘と並行して考えたやつがあるんだよね。コテージをいくつも建てて、敷地内に温泉を運ぶ大浴場を作って、レストランの代わりにデリバリーを充実させるって感じで。コテージも二人用から大人数用まで何種類も作る。こっちも何棟かは犬連れＯＫにしようってことになった。

ちょっとわくわくしながら聞くと、主任はにやっと笑って親指を立てた。

「そのままってわけにはいかなかったが、基本は通った」

「どのへんがダメでしたか？」

「温泉を毎日運ぶってところだな。専用車を用意するとコストがかかる」

「羽島リゾートって、どのくらい持ってるんですか？　温泉の数……量？」

「湧出《ゆうしゅつ》量か？　源泉を三本持ってて、合計で毎分一〇〇〇リットルってところだな」

「多いんですか、それ」

「充分だろ。よそに流せるくらいにはな」

そうなのか。数字言われても正直よくわかんないんだけど、自分とこのホテルだけじゃ使い切れないくらいには出てるらしい。だったら量的には問題ないんだよね。

「売っちゃったらどうですか？　温泉の宅配みたいな感じで」

「は？」

「タンク車、コテージの風呂用だけじゃもったいないなら、別のところにも売るようにしたらいいんじゃないかなって。一〇〇リットル単位で売ったら、個人でも買えそうじゃないですか。自宅の風呂が温泉って、なんかいいですよね」

もちろん一日に売れる量は限られちゃうだろうけど、質がいいって評判の温泉なら、一度は買ってみようって気にもなるんじゃないかな、と。

主任、考え込んじゃった。いまさらな提案だと思ったんだけど、そうでもなかったのかな。だって確か、そういうサービスって、どっかにあったよね？　なかったっけ……？　東京のどこかの風呂……たぶんスーパー銭湯《せんとう》って感じのところが、どっかの温泉運んできてるって聞いたような気がしたんだけど。

「言うだけ言ってみるか」

「ぜひ」

ああ、なんか楽しいな。こうやってさ、主任といろんな意見出しあってさ、それが形になっていくのって、すごく楽しい。もちろん全部なんて無理だけどね。

で、そんな話をしてるあいだに店に着いた。地元のジャム屋さんがやってるレストランで、パスタなんかが食べられるらしい。来るのは初めてだけど、店のことは知ってるから、ちょっと楽しみ。

主任は俺をいろんな店に連れていってくれる。レストランだけじゃなくて、カフェも。なんでかっていうと、俺の経験値を上げるため。お客さんに聞かれたときに、実際に行っていれば提供できる情報も増えるし、説得力もあるだろうってことで。

「あー、ここ来てみたかったんです」

木立《こだち》のなかのレストランは雰囲気もバッチリだ。女の人が好きそうだな。店の一角にはジャムも売ってるから、ついでに買っていく人も多そう。ここのジャムは何十種類もあって、見てるだけで楽しいんだよね。水里にはここの売店が三つもあるし、駅舎の土産物店なんかでも扱ってるんだ。主任の部屋にも小瓶《こびん》が一つだけあるよ。俺が買って、冷蔵庫入れたやつ。ルバーブのジャム、結構好きなんだ。俺しか食べないけど。

天気もいいしってことで、テラス席に通してもらうことになった。店内のお客は半分くらいかな。ジャムは有名だけど、レストランのほうはそうでもないらしい。

「ここもテラス席は犬もＯＫなんですね」

「実質、春から秋の昼だけってことだな」

「まぁそうですね」

秋以降は寒くてしょうがないだろうし、夏だって夜は虫が来るから、外での食事は向かないよなぁ。可動式の囲いと屋根でも付けられれば、多少はマシだと思うけど。

そんな感じのこと言ったら、主任も前から考えるところはあったみたいで、すぐ案を出してくれた。

「開閉式のサンルーフみたいにすれば可能だな。あとは薪《まき》ストーブでも置いておけば雰囲気も出るだろ」

なるほど……ところで薪ストーブってどんなの？　口に出すのはヤバいか。水里の住人なら知ってて当然、とかだったら困る。そのへんは頷くだけにして、俺の考えてることもついでに言っちゃえ。

「テラス席ならＯＫってとこは結構あるけど、店内の席だとぐっと減るじゃないですか。レストランで、店内も大丈夫ってとこがもっとあるといいかなーって思ったんですよね」

「犬連れじゃない客のことも考えろ」

「そこは棲《す》み分《わ》けできないかなぁと思って。分煙《ぶんえん》みたいに。あとは犬ＯＫの個室とか。これだったら、小さい子供連れにも需要ありそうだし」

「子供連れか……」

「このあいだ、お客さんに聞かれたんです。二歳くらいの子を連れたお母さんで、どこかいいとこないかって。戸塚さんが知ってて、教えてました」

いつもみたいにそんな話をしながら、観光客にまじってランチを取った。パスタランチにはハードタイプのパンがついてきて、日替わりでジャムが二種類つくんだって。今日はイチゴと巨峰《きょほう》のジャム。

ここでも俺たちは大注目されたけど、さすがに慣れてきた。なんたって夏休み期間中の避暑地だからさ、男の二人連れって浮くんだよね。しかも主任は長身で男前だしスーツだし。

まぁスーツだから、仕事かなって感じで見てもらえるんだけど、俺は普通の格好だから、ちょっと微妙。クローゼットに一着だけスーツ入ってたけどね。ほとんど着たことなさそうなやつが。成人式のときにでも着たのかも。

「正直、子連れの客は考えに入れてなかったな……」

主任の視線がすっと流れていったと思ったら、いま入ってきた客が子連れの若い夫婦だった。子供は何歳くらいだろ……よくわからないけど、赤ちゃんってほど小さくない。けどまだ幼稚園に通う年じゃないって感じ。女の子みたいだ。

うーん、なんだろう。主任の目が険しい。

「もしかして子供嫌いですか？」

「嫌いじゃない。が、好きでもない。ついでに言うと、欲しくもない」

それは将来結婚したとして、の話……だよな。主任は二十六か……結婚の話が出ても不思議じゃないよなぁ。俺の感覚だと結婚にはまだ早いかなって思っちゃうけど、こういうのは地域性があるもんな。それに主任って、いいとこのお坊ちゃんなわけだし。地元の有力者とかから見合いがバンバン舞い込んでもおかしくないよな。素行が悪いってわけじゃなさそうだし、この通りの見た目だし、仕事できるし。

「できたら変わるかもしれないですよ」

子供は好きじゃなかったけど、自分の子は可愛かったなんて、ありそうな話だよ。まぁうちの父親みたいな男もいるけどさ、主任はそういうタイプじゃないでしょ。

あーなんかモヤモヤする。胃もたれかなぁ、せっかく美味いパスタ食べてるのに。

「おい」

「はい？」

フォークを置こうかどうしようか迷ってたら、なんでだか睨《にら》み付けられてた。俺、なんかしたっけ？

「子供はいらない」

「はぁ」

真顔で宣言するようなことなんだろうか。や、笑いながら言うのもなんだかなって感じだけど。

「結婚自体、仕事の邪魔《じゃま》になるならしたくないくらいだ」

「そうなんですか？」

「俺が望んでるのはパートナーだからな」

「うん。奥さんって人生のパートナーでしょ？」

どう考えても添えものって夫婦もいるけどね。一番身近でそのパターン見てきたから、俺も結婚に夢は見てない……というか見られないんだよ。俺の父親の場合は、添えものプラス、妻の実家の力と跡継ぎが目的だな。でなきゃわざわざ外で産ませた子供だけ引き取って、産んだ女——つまり俺たちの母親を放り出したりしないと思うんだよね。どう考えたって愛があったとは思えないもん。

「仕事を含めた、俺の人生だな。見てくれがいいだけでも、家事ができるだけでもダメだ。安らぎなんていらないんだよ。むしろ刺激になってくれないと飽きるだろうな」

「はぁ」

「おとなしいだけの女も、プライドが高いだけの女もごめんだ。気が強いのは好きだけどな」

「ハードル高いですね」

そんな女の人はいないんじゃないの？　だって最初から子供いらないとか言っちゃってるしさ、見た目がいいだけでもダメっていう言い方からして、見た目もそこそこ必要ってことじゃない？　だって見た目にこだわらないってニュアンスじゃなかったぞ。しかも仕事に理解があって、いい刺激与えてくれなきゃダメで、その上性格にも条件ありとか……。いやいや、それは無茶っていうものでしょ。

遠まわしに言ってやろう。

「理想の相手見つけるのって、相当難しいですよね」

「そうか？」

あっさり返してきたのは、探せばいると思っているからなのか、それとも最初から結婚する気がないせいなのか。

どっちでもいいけどね。俺には関係ないしさ。

「巨峰ジャム美味いなー……」

ジャムを塗ったパンを口に放り込んで、無理矢理噛《か》んで飲み込む。変に飲み込みづらく感じたのはきっと気のせいだ。


食事をして夜の散歩をしていたら、急な雨に降られてしまった。慌てて二人と二頭で主任の部屋に戻ったら、本格的に降り出しちゃって現在雨宿り中だ。

「ほら、早く拭《ふ》け」

「うわっ」

いきなり視界が塞《ふさ》がれたと思ったら、頭からタオルを被らされてた。ふわふわのタオルで、いい匂《にお》いがする。懐かしい感触だなぁ。前はこれが当たり前だったけど、充留になってからはもっと薄っぺらいタオルばっか使ってたから。

「ありがとうございます」

意外に気が利く人なんだよね。もう一枚渡されたタオルは犬用だ。自分を拭きながら、犬も拭けってことらしい。俺の担当はもちろんモモだ。主任はもうエリーを拭いてる。足はさっき拭いたから、身体全体の水気を拭き取った。

「仲よくな」

頭を撫でてやってから、犬部屋に移動させる。いつもの流れだから二頭ともすんなり部屋に入っていく。結構上手くやってるんだよね。それぞれ部屋のなかにお気に入りの場所があるらしくて、それぞれに寛いでいる。

「やまないなぁ……」

少し濡《ぬ》れたせいかちょっと寒い。真夏なのに寒いなんて、さすが避暑地だ。

やむまで待とうかと思ってたんだけど、予報を聞いてみたら明日まで降るらしい。せっかくの休みなのにな。洗濯は無理か。ここと違って乾燥機なんかないし。

「風呂入ってこい。そのままじゃ、風邪ひくぞ」

「大丈夫です。主任こそ……」

「入社してから四回熱出して休んだやつが言っても説得力がねぇな。つべこべ言わずに入ってこい」

マジか。どれだけヤワだったんだよ、悠！　一年数ヵ月で四回って多いだろ。あいつ、そんなこと一言も言ってなかったぞ……。

ジョギングと食生活で改善されてると信じたい。でもまだ一ヵ月くらいしかたってないし、やっぱ風呂使わせてもらおう。

風呂はユニットだけど、アパートのよりもずっと立派だ。広さが倍くらいある。手を伸ばしても壁《かべ》に当たらないっていいな……。

髪は家で洗うことにして、とにかく身体を温めて出た。ドライヤー借りるほど髪も濡れたわけじゃないし。

濡れた服の代わりにパイル地のパーカーとハーフパンツを貸してくれた。デカい……あれ、こんなに体格差あったっけ。いや、主任がガタイいいのは知ってたし、俺が平均にやや欠けるくらいなのも自覚してたけどさ……なにこれ、彼シャツ状態じゃん。嬉しくない。もちろん下は穿《は》いてるけども！

「どうした？」

「なんでもないです」

「俺も入ってくる。適当にやってろ」

キッチンを指差してから主任は風呂に行った。なんでも好きに飲み食いしてろってことなんだろうけど、別に飲みたい気分でもないからソファに座ってぼんやりすることにした。

雨足は変わらない。ざあざあ音が聞こえてくる。

なんとなく目をつぶったら、なぜか主任の顔が浮かんできた。まぁ、一緒にいる時間が多いから当然なんだろうけどさ。今日だって朝から晩までいたし。

いい男なんだよなぁ。しみじみ思うよ。

見た目だけじゃなくてさ、言動も男前なんだよ。ちょっとしたことが格好いいな、ってよく思う。

勝手にいろいろ決めちゃう強引さはあるし、偉そうだけど、ちゃんとまわり見えてるし気も使える。あれやれ、これやれって、こき使ってくるけど、できないような無茶なことは言ってこない。

いいとこはいいって言ってくれるし、ダメならダメで、ちゃんと気付けるようなもの残してくれるし。

ときどき変に子供っぽいとこあるのも、不思議とマイナス要素にならないんだよなぁ。むしろ魅力になってる。もちろん基本的に大人だから、たまーに見せられると、きゅんってしちゃうんだよ。

「……きゅん、かぁ……」

言葉にすると結構な破壊力。でも本当にするんだから仕方ない。

これってやっぱり、尊敬とか親愛とかじゃなくなってるよなぁ。いやでも、まだ好きってわけじゃない……はず。

恋ってどんな感じだっけ。夏木のときの気持ちがよく思い出せない。忘れるほど前のことじゃないはずなのにね。やっぱりあの頃の感覚って、感情も含めて俺にとっては現実感に乏《とぼ》しかったのかな。

主任と夏木って全然タイプが違うよな。ああ、でもあいつだって、昔はそんなに冷たくもなかったんだっけ。俺が子供だったせいかもね。事務的だったけど、親身になってくれたり褒めたりしてくれたこともあったんだよ。だから惹《ひ》かれちゃったんだけどさ。

俺のせいなのかな。俺が継母とか異母弟とかを気にしすぎて、遠慮して、わざと手抜きするようになったから、冷たくなったのかな。

だったら自業自得《じごうじとく》だったってことになるね。

「我ながら単純だし……」

俺は褒めてもらったり親切にされたりすると、簡単に好意持っちゃうみたいだ。主任は特に、俺のこと認める発言とかするし、期待もしてくれるからさ。

新しい事業計画に俺を関わらせてくれるって、そういうことだよね。

けど、いまは仕事だ。恋にうつつを抜かすわけにはいかない。だって主任の期待に応えたいんだ。

「ずいぶん深刻そうな顔だな」

「えっ？　あ……いや、そういうわけじゃ……」

いつの間にか主任は風呂から上がってきてた。俺が着てるのと似たような素材の上下で、パーカーはファスナー全開だ。

つい目を逸《そ》らしてしまった。だってさ、鍛えられた腹筋とかこれでもかって見せつけてくるんだよ。

なんか恥ずかしい。男同士で照れちゃう時点で手遅れな気がする……。どうしよう、なんとか不自然にならないようにしないと。

「仕事のことか？」

「いや……」

「プライベート？」

「ええ、まぁ」

やけに絡《から》んでくるなって思って顔を上げたら、すとんと隣に座られてしまった。近い近い。広いソファなんだから、余裕あるのに！

「好きな男のことでも考えてたか？」

「っ……！」

とんでもない攻撃を食らって、ドキッとしてしまった。

なんでっ？　そんな顔してた？　いやいや、わかるような顔って、どんな顔だ？

主任の顔が怖い気がする。なんだろう、直視できない。別に怖いからじゃなくて、やけに恥ずかしくて。

乙女《おとめ》か俺は。好きな人の顔をまっすぐ見られないとか、二十歳にもなってさ。

あー、もう認めちゃえ。そうだよ、好きなんだよ。主任のこと、いつの間にか好きになっ

てたんだよ。

しょうがないじゃん。この人とずっと一緒にいたら、好きになっちゃうって。もともと同性っていうのは、俺にとって壁でもなんでもないんだしさ。

もしかしてホモなのかな、俺。でも男を意識するのなんて、人生二度目だよ。二度もあればホモなのかもしれないけど、それ以外の男にときめいたことなんてなかったから、どうなんだろ。

あれ……自分で言ってて違和感。夏木にときめいたことなんてあったっけ？　確かに好きだったけど、ときめき……みたいのはなかった気がする。もっとこう……最初っから殺伐《さつばつ》としてたぞ、あの恋って。

「おい」

「な……なんですか」

ぐいっと肩をつかまれて、いつの間にかまた視線が落ちていたことに気がついた。けど顔は上げられない。だって上げたら、ものすごく近くで主任と目があうことになっちゃうよ。

顔を見る代わりに、ちらっと窓の外を見てみる。あ、雨が弱くなってる？

「主任、あの……」

「恭悟」

「はい？」

「いまはプライベートだ。そんな色気のない呼び方するんじゃねぇ」

え、いやプライベートもなにも、そもそも色気が必要な関係じゃないはずなんだけど。

「でも主任」

「恭悟、だ」

ムッとすんなよ！　なんでそんなことにこだわるんだ。別に呼べないわけでも、呼びたくない理由があるわけでもないけどさ。

どうしたものかと思ってたら、もう一回「恭悟って呼べ」って言われた。何回言えば気がすむんだよ。

仕方ないな、もう。溜め息が出た。

「わかりました。けど、呼び捨てはさすがに無理ですからね。恭悟さん」

「……呼び方については、それでいい」

なんでそんなに満足そうなんだ。社内でも名前で呼ばれることが多いとは聞いてるけどさ。なんたって、社長も専務も「羽島」だから、社長は役職で、息子たちは名前で呼ばれるんだって。俺とか戸塚さんは、主任……恭悟さんくらいとしか接しないから、ただ主任って呼んじゃってたけど。

「ついでにタメ口にしろ」

「え、いやそれは……」

「ですます付けたらペナルティな」

「ええっ？　どうしたんですか、急に」

「1《ワン》ペナ」

食い気味に言われた。いやいやそれは横暴ってもんでしょ。

「いくらなんでも無茶だし、そもそもペナルティって？」

「それはあとで考える」

「減給とかじゃないよね……？」

意識してタメ口にしてみるけど、正直あんまり違和感はない。主任……恭悟さんよりもっと年上の男を名字で呼び捨てにしてたせいかもね。

「公私混同はしねぇよ」

じゃあなんだろう。パシリなんていまさらだし、罰《ばつ》ゲームみたいなやつかな。変顔しろとか、一発芸とか？　いや……それはないか。

とにかく今日のところは帰ろう。せっかく雨足が弱まったんだから。走れば三分もかからないし。さすがに湯冷めするほど寒いわけじゃないから、なんだったらアパートでまたシャワー浴びちゃえばいい。

「あのー、雨が弱くなったんで、このチャンスに帰ろうと思うんだけど、傘《かさ》貸してもらっていい？」

「帰るのか？」

「うん。また強くなったら困るし」

「じゃあ泊まれ。明日は休みだろ」

「え……いや、あのすぐそこなんだし、別に泊まらなくても……」

なんで命令系？　泊まるとこないじゃん。場所どころか、寝具がないっての。いくら夏だからって、ソファに毛布一枚じゃ寒いんだぞ、水里は。

「怖いのか」

「な、なにがっ？」

声がうわずって、たぶんものすごく滑稽《こっけい》なことになってるんだと思う。けど、この状況じゃ仕方ないって！

だって主任に両肩つかまれてるし、顔はアップだし。って思ったら、ひょいって横抱きにされた！　ちょっ……これってお姫さま抱っこじゃん！

「ちょっ……な、なにすんのっ……！」

「うるさい。おとなしくしてろ」

横暴すぎる。俺さまの本領発揮？

ソファからベッドまでの距離はほんの数歩で、あっという間に俺は運ばれて、ベッドの上に下ろされてしまった。

しかもすぐにのしかかられた。マウントポジションだ。

これって、これって……。

「しゅ……主任……？」

「恭悟、だ。2《ツー》ペナだな」

ああ、そうだった。でもそれどころじゃない。

もしかして、やろうとしてる？　してるよね。これって、そういう意味だよね？

だってさっき着たばっかのパーカーが脱がされかけてるもん。ファスナー、俺も全開……。

「な……なんで……」

だってこの人は、無理なこと押しつけてはこない人だよね？　ちゃんと俺の意思とか、聞いてくれる人だよね？

あちこち撫でんなっ。手つきがいやらしいって！

「機会があれば食っちまおうとは思ってたからな」

「う、嘘……だってそんなそぶり……」

「おまえが鈍いだけだ。そうでもなきゃ、誰が男と住もうなんて持ちかけるか」

「だけど俺、男だよっ？」

「いまさらだな。俺が一言でも、男は無理だと言ったか？」

え、でも男とは……いや違う。経験がないって言っただけで、対象外だとか無理だとか言ったわけじゃなかった。

俺は主任が男もありだって可能性を、頭っからないと思い込んでたんだ。

「おまえならいけそうなんだよな。顔は好みだし、身体もきれいだ。それにおまえ、具合よさそうだからな」

「なんでそんなこと、わかるんだよっ」

「カン」

またカンかよ。なんだよ、意外といい人だと思ってたのに、見た目通りの人じゃん。興味本位で手を出されるなんて、俺はいやなんだよ。

必死になって暴れてみるけど、恭悟さんはびくともしない。一ヵ月やそこらじゃ、この身体の非力さはどうにもならないってことか？　っていうか、そもそもストレッチや柔軟やジョギングじゃ腕力《わんりょく》付かないのか、そうか。

「きれいな肌《はだ》してるな」

「やっ……」

腹から胸に向かって手が滑って、ちょうど乳首のとこで止まった。かと思ったら、きゅってそこ摘《つま》まれた。

ヤバい。俺、そこ弱いんだ。ぞくぞくって、あやしい感覚が這《は》い上がってくる。

あれ、待てよ。確かに俺は夏木に抱かれた経験があるけど、この身体はまったく未経験のはずだよな？　それでも感じちゃうのか？　感じ方はちょっと違う気がするけど、もしかして充留の身体も相当敏感？

　言われたことあるんだよ、夏木に。皮肉っぽく、バカにしたみたいに、「気の毒なほど感じやすいですね」って。あれは間違いなく呆れてた。片思いの相手にいいように弄《もてあそ》ばれて、アンアン言ってた俺をバカにしてたんだ。

「おい」

　つい意識を飛ばしてたら、ものすごく不機嫌そうな顔で睨まれた。怖いって。恭悟さんの顔で睨むのはなしだよ。迫力ありすぎ。

「なに考えてる。また前の男か」

「……いやな思い出、だけどね」

「だったら塗り替えてやるよ」

　くらっと来た。ちょっとだけど。なんだよそれ。男前な顔で、むちゃくちゃいい声で、なに言ってんだよもう。

　抵抗しなきゃって思ってたのに、するべきなのに、その気力みたいなものが一瞬で削《そ》げてしまった。

　好きな男に、愛情もなく抱かれるなんて、もう二度としちゃダメだって思ってるのに。

「んっ……」

風呂上がりのまだ火照《ほて》った肌に、唇《くちびる》を感じる。あいつの酷薄《こくはく》そうな薄い唇じゃなくて、厚みのある恭悟さんの唇だ。

ぺろっと首を舐《な》められて身が竦《すく》んだ。なんだか味見されてるような気分になった。

首とか鎖骨《さこつ》とか舐められて、吸われて、じわじわと覚えのある感覚が湧《わ》いてきた。古い記憶を掘り起こすみたいなんだけど、実際はこの身体には初めてのはず。それに俺が最後にセックスしたのだって、そんなに昔じゃない。

片っぽの胸を指でこねまわされて、もう片っぽは口のなかで転がされた。

「んっ、ん……」

ヤバい、気持ちいい。乳首は前の身体でもすごく感じるところだったけど、気のせいか前よりビリビリきてる。なんだろう。感覚が鋭いっていうか。

あー、そうか。そうだった。本来の身体になったから、感覚が前よりクリアなんだ。だからちょっとしたことでも、たまんなく感じるんだ。

全身に鳥肌が立つような感じがする。実際にそうなってるわけじゃなくて、そんな感覚というか。ざわって肌の上を快感が滑っていくんだ。

舌先が絡んで、そこから甘い痺《しび》れが指先まで走る。

声が勝手に出て止まらない。びくびくっと、ときどき身体が跳ね上がって、身体が芯《しん》から熱を持っていく。

全部知ってることだけど、記憶にあるよりもずっと鮮明だった。

「ずいぶん敏感だな。相当仕込まれたか」

「ちがっ……ぁ……ん」

痛い寸前くらいに嚙まれて、のけぞるほど感じた。これ本当に初めての身体か？　いや、悠に限って男知ってるなんてことないからマジなんだろうけど……。やっぱりあれか、俺が知ってるせいなのか。

乳首を舐められながら、膝から腿《もも》まですうっと撫でられた。くすぐったいのを軽く通り越して、それ自体がもう快感だった。

ああ、やっぱこれ体質だ。俺も初めてのときから、内腿撫でられて感じてたっけ。いろいろされて、もう腰に熱が溜まってるのがわかる。ハーフパンツの上から撫でられたら、もうたまらなかった。

「んん、っん……！」

「おい、声出せ」

必死で嚙み殺してたら、つまんなそうに言われた。意外すぎて、ついまじまじと恭悟さんを見つめてしまった。

「え……出して、いいのか？」

「ああ？」

ものすごく怪訝そうな顔だ。変なこと言ったっけ？　だって、あいつから声出すなって言われてたんだもん。篠塚の家は各部屋の防音とかしっかりしてるから、別に外に声が漏《も》れたりはしないはずなんだけど、きっと俺の声なんて聞きたくなかったんだろう。男の喘《あえ》ぎ声なんて、キモいだろうから仕方ないよな。

でも恭悟さんはチッと舌打ちした。

「前の男になに言われたか知らねぇが、忘れろ。感じてんなら、そのまんま声出せよ。ただし演技はするなよ。すぐわかるからな」

「……うん」

そうか、出していいんだ。っていうか出せって……聞きたいの？　変な男だな。男の喘ぎなんか聞いて萎《な》えたって知らないぞ。

話してるあいだに、するっとハーフパンツを下げられて、パーカーに袖《そで》を通してるだけの恥ずかしい格好にされた。

うう、恥ずかしい。やっぱりさ、裸見られるのって恥ずかしいよ。しかもじっくり、舐めるみたいに……。

「そそるな」

「え？」

「恥じらう感じが」

くすっと笑って、恭悟さんは俺の閉じかけの膝を開いた。そりゃあもう、パカッて効果音がつくんじゃないかってくらい、思い切りよく。

「やっ……」

「こら、力抜いてろ」

「だ、だってそれ、無理でしょっ。それいいからっ」

男を抱くの初めてだって言ってくせに、あっさり俺のものに口付けようとしてるのはなんでっ？　抵抗あるよね普通？

あわあわしてたら、「黙れ」ってまた偉そうに言われた。それでもやっぱりおとなしくしなかったら、チッて舌打ちされた。

「縛《しば》られたいのか？」

「やだよっ」

「じゃあ、いい子にしてろ」

けどさ、女の人しか抱いたことない人に、そんなことさせちゃダメだと思うんだ。夏木のときはそこまで気がまわらなかったんだけど……結局、夏木は男も女も食ってたやつだったから結果的によかったんだけど。

そんなことを考えてたら、ふんって鼻で笑われた。

「おまえは気持ちよく悶《もだ》えてりゃいいんだよ。それが見たいし、聞きたいって言ってんだから、ケチケチしないでやれ」

別にケチケチしてるわけじゃないっての。けどそこまで言われたら、いいのかなって気持ちにもなってくる。

まだ戸惑ってる俺をよそに、恭悟さんは膝の内側に音を立ててキスした。

ゆっくりとキスが上に来る。内腿の柔らかい部分を舐めたり噛んだり吸ったりして、焦《じ》らすみたいにしてから、そこをぺろっと舐めた。

「ふぁっ……」

ヤバい、力が抜ける。手を添えて、下から上に這う舌先が気持ちよくて、一回出たらもう声が止らなくなった。

先っちょのところをくすぐるみたいに刺激されるのも、かなりヤバい。そのうちすっぽり口のなかに包まれて舌を絡められて、吸ったり扱《しご》いたりされて、俺はみっともないくらいにアンアン喘いだ。

なにこれ。なんでこんなに上手いの。男とするの初めてって言ってたくせに。

「も……いくっ……いっちゃ、う……あ、んんーっ！」

がくんって身体がのけぞって、その瞬間頭のなかは真っ白になった。恭悟さんが先端のくぼみに舌先押しつけたあと、すごく強く吸ったせいだ。そうでなくてもギリギリだったから、ひと溜まりもなかった。

俺がぐったりしてるうちに、後ろに指が下りてきた。俺が出したとろとろなやつを塗りつけて、指はわりとすぐになかに入ってきた。

やっぱり違和感……っていうか異物感。そりゃそうだ。だってこの身体は、指なんて突っ込まれたことないんだから。まして男のあれなんて。

大丈夫かな。いまさら心配になってきた。悠だったときは、相手が男を抱き慣れてたからなんとかなったけど、恭悟さん初めてじゃん。ここまで来たら仕方ないから、腹はくってるけども。

「きついな」

「んっ……う……」

恭悟さんは慎重で、かなりゆっくり指を動かしてる。気持ちいいとは思わないけど、そんなに痛くはなかった。それも最初だけ。時間をかけてるうちに、異物感はなくなって、結構抵抗なく出入りできるようになった。

もう一本、指が増える。これもやっぱり最初だけ痛かったけど、そのうちに薄れて感じなくなった。代わりにムズムズするような感覚が生まれてきた。

覚えがある。これがそのうち、快感になるんだ。

それにしても恭悟さんって、思ったよりずっと丁寧な人だ。てっきり前戯《ぜんぎ》もそこそこに突っ込まれると思ってたのにな。

「はぁ……もう、いい……よ？」

俺ばっかり気持ちよくしてもらって、だんだん申し訳なくなってきたから、ちょっと早いかもしれないけど、もういいや。

いける気がしたんだよ。けど気分的にすっかり酔っちゃってた俺は、いざ挿入ってときになって現実を見た。

初めての身体には、やっぱりというか当然というか、ハードルが高かったみたいだ。

「ぁうっ……」

痛くて苦しくて、無意識に身体に力が入ってしまった。先端部分しか入ってないのに、目の前がチカチカした。

予想外の抵抗にあったらしい恭悟さんは、はっと息を呑んで、ひどく焦った声を出した。

「おま……全然慣れてないんじゃねぇのかっ⁉」

慌てて抜いて、恭悟さんはものすごく心配そうに俺を見た。ヤバい、って、はっきり顔に書いてあった。

根は真面目な人なんだな。いや、前からわかってたけどさ。

どうしよう。説明のしようがないよ。心は経験ありだけど、身体はまっさらです……なんて、どう言えばいいんだ？

まぁでも夏木とだって、そんなにたくさんしたわけじゃないからなぁ。期間で言えば三年くらいだったけど、回数としてはたいしたことなかったし、一回がそう長かったわけでもなかったし。

「えっと……ちょっとだけ経験あるけど、身体が慣れるほどじゃなかったから……」

嘘は言ってない。とりあえず架空の隣人との関係は、二回か三回くらい、ということにしておこう。

ここまで来たら、俺だって止められないんだから、最後までやってもらわないと。さっきから、じくじくと後ろが疼いて仕方ないんだ。なまじっか抱かれた経験があるもんだからさ、その先を期待しちゃうんだよね。

それにさっきの、塗り替えてやるって言葉……。あれが意外に響いたんだ。

「忘れたいから……恭悟さんに、して欲しいんだ」

いつか恭悟さんとのことも忘れたいって思う日が来るのかもしれない。けどいまは知りたいと思った。夏木とのことを忘れるくらいに、教えて欲しかった。

じっと目を見つめて言ったんだけど、気のせいか顔つきっていうか、目が変わったような。甘いようでいて、なんていうか、ちょっとギラついてる感じ。あれだよ、野生の肉食獣が獲物《えもの》を見つけて狙《ねら》ってるときみたいな。

あ……もしかして、そういうことか……。

「思い出そうとしても思い出せないようにしてやる」

変な具合に火をつけちゃったらしい。口の端《はし》がちょっとだけ上がる笑い方が、いやらしくて格好よくて、どうしたらいいのかわかんなくなった。

「や……やだっ……」

膝が胸にぴったりつくくらい身体を折られて、尻《しり》の下にデッカい枕を押し込まれた。当然、一番恥ずかしいとこは丸見えだ。

「慣れてないなら、念には念を入れねぇとな」

そう言って恭悟さんは顔を近付けてくる。

まさか、まさか……。

「だ……ダメっ……」

「黙ってろ。縛るぞ」

「ひぁっ……」

恭悟さんはまったく躊躇《ちゅうちょ》しないで舌を這わせてきた。あんなとこに！　なんかもう、俺泣きそうなんだけど。

逃げようとしても押さえつけられて、ぴちゃぴちゃいいながら舐められて、死ぬほど恥ずかしいのに気持ちよくて……。「やだ」とか「ダメ」とか、いろいろ言った気がするけど、半泣きの上によがり声がまじってるから、どう聞いても本気でいやがってるようには聞こえないはず。

実際、自分でもよくわからなかった。だってこんなこと、夏木はしてくれなかった。正《しょう》真正銘《しんしょうめい》、恭悟さんが初めてだった。

「あ、ぁん……っ、ん……んぅっ……」

ぬるっとした舌が、入ってきた。そうして軽く出入りして、俺を犯していく。

ヤバい、溶けそう。なんだか頭のなかまでとろりとしてきた。甘い蜜《みつ》みたいなもので埋め尽くされてくのがわかる。

力なんかとっくに入らない。俺はひんひん泣きながら、自分の声とは思えないような声を出して悶えてた。

気がついたらもう一回脚を抱えられてて、さっき一度飲み込みかけたものをあてがわれていた。

「ゆっくり……な」

言葉通り、じりじりと恭悟さんが入ってきた。挿入されるのにあわせて、俺はゆっくり息を吐いた。

「あ、ぁっ……」

勝手に出る声は別によがってるわけじゃなくて、息が吐き出されているだけって感じ。やっぱり気持ちいいより痛みのほうが大きい。耐えられないほどじゃないし、割《さ》かれるっていう感覚ではないいんだけど。

きっとさんざん舐めてもらったおかげだ。

ずぶずぶと入りこんでくる感じは、記憶しているのと同じようでいて少し違った。モノに差はないような気がするから、やり方とか俺の気持ちとかなんだろうな。

なにが違うんだろう。だって俺が相手のこと好きで、相手とは恋人でもなくて、もちろん告白もされてないってのは一緒なのに。夏木だって上手かったと思うよ。あ、でも前戯はもっとあっさりしてたっけ。丁寧なのは同じだけど、あいつは恭悟さんほど時間をかけなかったんだ。

たぶんあれは最低限の愛撫《あいぶ》だったんだろうな。いまさらだけど理解した。

結構時間かけてしっかり全部入れた恭悟さんは、宥《なだ》めるみたいにして俺の髪を撫でた。

自然にふうっと息が漏れた。

すごく生々しい。別にゴムつけてないからって意味じゃなくて……ああ、そういえば夏木は必ずしてたっけ。感覚が違うのはそのせいもあるのかも。

「痛くないか?」

「……うん」

いまは痛くない。異物感はあるけど、少しずつ馴染んできてる気もするし。それにしても、とんでもなく主張してるな。あんなもの入っちゃってるんだから当然なんだろうけど。

目を開けてみたけど、涙の幕のせいで恭悟さんの顔がはっきりしない。

気持ちよくても泣けるんだね。俺の知ってたセックスはそれなりに気持ちよかったけど、こんなふうに泣くほどじゃなかった。ここまでたっぷり愛撫してもらえなかったせいかもしれないし、気持ちの問題かもしれない。

ああ、なんか急に抱きつきたくなった。そろっと腕を持ち上げて広い背中にまわすと、ほっと安堵《あんど》の息が漏れた。

なんか安心する。無理矢理ってわけじゃないけど、なし崩しにこんなことになったっていうのにね。

「恭悟さんの背中……広いなぁ」

ぽつんと思ったことを呟いただけなのに、俺のなかにある恭悟さんのものがはっきりと大きくなった。

ええっ、あれ以上があったのっ？

「う……そ……」

「煽《あお》るな、バカ」

「あ、煽ってなんか……」

ただ広いって言っただけじゃん。普通の感想じゃん。って言おうとしたんだけど、それはできなかった。

唇が塞がれちゃったからだ。

初めてのキスだ。恭悟さんとの、初めての……。

「ん……ふ、ぁ……」

すごい貪られてる。最初からいきなりディープキスだけど、先に身体繋いじゃったんだからいまさらか。

貪るっていっても、がっついてる感じじゃなくて、じっくりと食い尽くされるようなイメージ。なんかいろいろ吸い取られて奪われてくような。

肉厚の舌が気持ちいい。歯の付け根あたりを舐められるとぞくぞくしちゃって、変な声が出ちゃいそう。

また俺はとろとろにされちゃって、おかげでとんでもないことを口走ってしまった。

「や……もっ、と……」

恭悟さんが唇を離していくとき、ものすごく舌っ足らずに言っちゃったんだよ。しかもウルウルの目で。

「くそっ、もう我慢できねぇ」

「あぁぁっ……！」

いきなりガツガツ突き上げられて、つい悲鳴を上げてしまった。

痛くはないよ。ないけど、苦しかった。内臓がガンガン押し上げられるような気がした。

それもそんなに長くなかったけどね。恭悟さんが上手いのか、相性がよかったのか、それともこの身体に素養があったのか……たぶん全部かな。そのおかげか、突かれながらあちこち手で愛撫されてるうちに、だんだん気持ちいいだけになってきた。

異物感なんてもうない。痛みもない。持てあますほどの熱さと、焼き切れそうな快感があるだけだった。

自然に俺の腰も揺れた。

擦《こす》られて、内側を抉《えぐ》られて、掻きまわされて、繋がったところから自分が溶けていきそうな気がした。

「あ、あっ……気持ち……いいっ……」

深く繋がったまま掻きまわされるのが、たまらなく気持ちいい。身も心もぐずぐずにされてしまいそうな気がして、怖いとさえ思ってしまう。

「俺もだ……」

掠《かす》れた声が、めちゃくちゃセクシーだ。声聞いてるだけで、またぞくぞくしてきてしまう。

それにすごく嬉しかった。だって好きな人が、俺に対して欲情してるんだって、あらためて実感したから。

あいつとの違いは、ここにもあったんだ。前は俺が誘って、あっちは自分の性欲を満たすためと少しの興味、それから義理みたいなものがあって俺を抱いたけど、恭悟さんは最初から俺を欲しがってくれた。恋人でもないし、告白されたわけじゃないけど、俺には充分に嬉しいことだったみたいだ。

我ながら安いなって思うけど。

「ひっ、あ……ぅ！」

例の部分を恭悟さんのものが掠めて、びくびくって全身が震えた。そこもたまんないけど、俺が好きなのは違うんだ。

「ぁんっ、あ……さっき、の……また、欲し……」

「ああ」

少し笑ったような気配がした。それからすぐ恭悟さんは深く突き上げてくると、腰をつかんで俺のなかをぐちゃぐちゃに掻きまわした。

具体的に言わなくても、俺の望むことがわかったらしい。きっと反応がほかと違ったんだろう。

「あぁっ……ん、あん！　い、いっ……あぁぁっ！」

深く繋がったまま身体ごとさらに突き上げられて、頭の後ろが真っ白に弾《はじ》けた。それからすぐに恭悟さんもいったみたいだけど、正直よく覚えていなかった。

意識が飛ぶほど盛大にいったのなんて初めてだった。絶頂は何度も経験してるけど、いつだって意識はちゃんとしてたからさ。

しばらく俺は戻ってこられずに、魂が抜けたみたいにぼうっとしてたと思う。

気がついたら、くちゅくちゅ耳を愛撫されてた。

「やっ、ぁん」

変な声出た。ヤバいって。耳、弱いんだよ。しかもいったばっかりで、どこもかしこも敏感なんだってば。

舌が耳に入ってきて、水音がする。さっきの余韻《よいん》がまだ残ってて、内腿なんかびくびくしてんのに！

「ぅ、んっ」

「耳も弱いんだな」

「も……離せってば……っ」

お互いにいったんだしさ。いや、後戯なんかされたことなかったから、本当はちょっと嬉しいんだけども！

「……そういえば、ペナルティが二つあったな」

「え？　ああ……」

言ってたな、呼び捨てとタメ口の件で。なんで急に蒸し返した？

「あと二回な。それでチャラにしてやる」

「は？　ちょ……あんっ……」

きゅっと乳首を摘まれて、喘ぐと同時に飲み込んだままの恭悟さんを締め付けてしまった。

そうしたら、俺にもはっきりわかるほど、なかのものが復活してきた。

あと二回ってそういうこと？　当然あれだよな、恭悟さんの二回ってことだよな？

どうしよう。俺、二回以上続けてしたことないんだけど。

「これから休みの日はあわせるぞ」

その意味っていうか、意図することを知ったのは、数日後のことだった。

俺たちの関係って、なんていうんだろうな。

あの夜以来、俺は恭悟《きょうご》さんの部屋で寝泊まりしてる。それでもって、一日置きくらいにセックスしてるんだよね。で、二人であわせた休みの前夜は、どろどろになるまでやりまくってる。それこそ俺の足腰《あしこし》が立たないくらいに。

なんか、ペットシッター兼ちょっとした家政婦兼セフレ……みたいな感じ？　あ、もちろん仕事ではアシスタントもしてる。

おかげで走るのも、ここ十日ばかりほとんどしてない。散歩はしてるけど、ギリギリなんだよね。足腰が。

夏木《なつき》って淡泊っていうか、とりあえずやるだけのやつだったから、絶対二回以上はしなかったんだけど、恭悟さんは次の日休みってなったら、何回でもするんだ。そうなると俺は翌日へろへろになっちゃう。悔しいのはそんなときでも恭悟さんは平然と二頭の散歩に行っちゃうことだよ。

溜《た》まってたのかな、恭悟さん。水里《みずさと》ってそんなに大きな町でもないし、羽島《はしま》一族はこのあたりじゃ有名みたいだから、適当に遊んだりとかもできないしな。だってそんなことしたら、すぐ噂《うわさ》になっちゃうよ。

俺なんかはちょうどいいのかもしれない。男だし、仕事も一緒にしてるし、犬の世話係ってこともそこそこ知られてるから、寝泊まりしててもあやしまれないし。

俺はどうなんだろうなぁ。どうしてこんな関係続けてるんだろう。

不毛なのは前と同じだよね。違うのは俺から誘うか、相手から俺を求めてくるかってこと。あとは相手が俺に対して好意的かどうか。夏木と違って恭悟さんは俺を認めてくれてるし、一応好意はあると思うんだよね。でなきゃ犬の世話なんて頼まないはず。

「よし、行くか」

で、今日はいよいよ引っ越しだ。って言っても、ほとんど身一つでいいようにしてあるんだけど。

着々と準備は進めてたんだよ。新居には新しい家具がいいって我儘《わがまま》言うもんだからさ、ほぼ全部の家具を新しくしたんだ。家の広さも間取りも雰囲気も違うんだから、家具をそれにあわせるのは当然なんだって。まぁ、わからないでもないけど、揃《そろ》えるのに相当な金額かかったよ。前はそんなことといちいち気にしなかったけど、すっかり金銭感覚が普通になったみたいだよ俺。

で、こっちの家具類は全部置いていく。なんでかっていうと、ここは家具付きの部屋として短期の賃貸物件になることが決まったからだ。ウィークリーマンションみたいな感じ。もちろんシーツとかは新調するし、もう少し手を加えるって言ってたけど。さすがにね、さんざん俺たちがエッチしまくった場所をそのままってのはね。

俺はせっつかれて恭悟さんの車に乗り込んだ。犬たちは後ろだ。

マンションに残った家具とかは業者に任せてある。あ、ちなみに俺のアパートは解約しました。さんざん迷ったんだけどね。そもそも同居から考え直したよ。だってセフレになっちゃったから。

前の関係だったらともかく、こうなったらいろいろと問題があるかなと思って。だって恭悟さんが俺に飽きたらどうすんのって思うじゃん。で、結局は「そのときはそのとき」ってことにした。飽きられても、仕事とは切り離してくれるタイプだと思うし、またアパート借りればいいし。水里には安いアパートたくさんあるからね。羽島リゾートは不動産業もやってるから借りるのも楽っていうか、そもそも社員寮もあるし。

まぁ、なるようにしかならないよね。

ぼんやりそんなことを考えてるうちに新居に着いた。敷地の入り口から玄関までは、ざっと三十メートル。庭にはカラマツを中心にした木がたくさん生《は》えてる。桜も一本だけあるし、紅葉《もみじ》……カエデってやつもある。両隣は別荘だけど、どっちもあんまり来てないらしい。

「おまえたちの部屋はここだからな」

一階の六畳くらいの部屋がエリーとモモの部屋で、俺たちは二階。鼻歌まじりに自分の部屋に入って、よしよしと頷《うなず》く。

いい部屋だよ、うん。家具とかカーテンとか、俺の趣味にしてもらったんだ。金は恭悟さん持ちだから遠慮して安いのにしようとしたら却下されて、結構値の張るやつにされちゃったけどね。曰《いわ》く、安っぽい家具はこの家にあわない……らしい。一理ある。

ベッドはセミダブル。今度のはしっかりしてるし、寝心地もいいはず。

風呂も広いんだよね。浴槽《よくそう》なんて大人《おとな》が四人くらい入れそうなデカいのだし、ジャグジーもついてる。窓からは庭がきれいに見えるから、朝とか昼間の風呂も楽しそう。リビングから続く形でデッキも作ったし、そこにはテーブルとデッキチェアも置いた。天気のいい休みの日の朝なんかはそこで朝食、なんてこともできるよ。ただし俺たちの場合、休日の朝はとんでもないことになってるけどさ。特に俺が。

「日当たりもいいし、花見もできるし」

しかも窓の向こうは桜の木で、春にはベッドに寝そべりながら花見ができちゃう。すごい楽しみ。

「俺の部屋のほうが、よく見えるぞ」

「わっ……」

いきなり後ろから抱きすくめられて、耳元で囁《ささや》かれた。頼むからやめて。別にびっくりはしないけど、ぞくぞくしちゃうんだよ。

この声は凶器だ。腰に来る声ってほんとにあるんだな。

「ちょっ……触んな」

「惜《お》しいな。午後がなけりゃ抱けたのに」

「引っ越し早々なに言ってんだよ」

「楽しみにしてたからな。ここの風呂なら一緒に入っても充分だし」

「え……」

いや確かに広いよ。俺たちがあと一人ずついたって、全員で入れるよ。けど、ハードル高いって。風呂は恥ずかしいよ。いや、何回も入れられてるから、いまさらって言えばいまさらなんだけど、いつも意識がぼんやりしてるときだからな。自分で入れる状態のときは、恭悟さんの手を断って自分で入ってるし。

なんかさ、甘いんだよな。俺と恭悟さんのあいだに流れてる空気って、客観的に考えて甘いと思うんだ。

でも恋人じゃない。セックスもしてるし同居もしてるけど、好きだなんて言われたことないし、俺も言ってないし……。男同士って、こういうものなのかな。確かにゲイの人たちって、特定の相手を作らない場合も多いって聞いたことがあるようなないような。いや、俺も恭悟さんもゲイじゃないつもりだけど。

まぁお互い気持ちいいのは確かだし、それぞれメリットもあるし、俺がわかってなかっただけで、普通のことなのかもしれないな。俺はさ、男同士でも、男女の恋愛みたいなのを想像してたっていうか、望んでた部分があるんだ。一人だけを好きで、その人も俺のこと好きになってくれて……みたいな。

「そろそろ離せよ。やることあるんだから。恭悟さんだって午後から仕事だろ」

本当は一日休みを取りたかったんだけどできなかったんだ。ここんとこ、引っ越し作業のせいで休んじゃったからだ。

「午後からはビレッジの会議だ」

「頑張れー」

ビレッジっていうのは、例のコテージ群の仮称・水里フォレストビレッジ、っていうのを略したものだ。あれから改案を重ねつつ、急ピッチでいろいろと突き進んでる。温泉宅配もいけそうな感じ。

俺はアシストはするけど、会議には出ない。資料を作ったりする程度だ。もうすっかり秘書さんね、って戸塚《とつか》さんに言われたくらい、恭悟さんといることが多くなった。ここんとこ、ますます増えたんだよ。

それから間もなく俺は解放されて、家のなかのことをいろいろやってから、一緒に家を出た。まだ行ったことがない店でランチをしてから、車で〈はしまや〉に送ってもらうというサービス付きだ。

おかげでまた戸塚さんにからかわれちゃったよ。俺が恭悟さんと新しいプロジェクトを進めてるのを知ってるから、すごく嬉《うれ》しそうなんだ。

そっちの仕事も楽しいけど、やっぱり接客が好きだなぁ。店に出てると、しみじみそう思うよ。

かなり増えた水里情報を武器に、今日も俺はお客さんに観光プランを提供した。前よりもお客が増えたって聞くと、ますますやる気が出る。

そうやって一日終わって、さぁ帰ろうって思ったときだった。帰りは走って帰ることにしてるんだ。そうでもしないと、ジョギングの機会なんてないからさ。

で、店の戸締まりをして歩き始めてすぐ、目の前に見覚えるある車が停まった。夏木だった。心臓が止まりそうなほど驚いた。でもそれは、いきなり前の知りあいが現れたからで、別の感情が動いたわけじゃなかった。

もうこいつのこと好きじゃないんだな、って実感した。恭悟さんのこと好きになったわけだから当然か。きれいさっぱり、過去のことにできてたんだってわかって、心底ほっとした。

それはともかく、夏木が俺の前に現れた理由は、悠《はるか》に会わせるためだった。

顔見た瞬間にバレたんだろうなって悟ったね。俺が知らないうちに、夏木には全部知られた、っていうか話したらしい。まぁ、隠せないよな。人格全然違うもん。

悠と夏木がデキてるって知っても、ああそうなんだって思っただけだった。どうも夏木の好みにピッタリだったらしいよ、悠って。車のなかでさんざんのろけられて、ちょっと食傷気味になった。異母弟や継母《ままはは》とも仲良くやってるっていうのは驚いたけどね。やっぱり俺がいけなかったのかな。

多少複雑な思いはあったけど、悠に会えたのは嬉しかった。で、悠が超色っぽくなってたのにびっくりした。愛されてます、ってオーラがダダ漏《も》れだった。

そうか、夏木って惚《ほ》れた相手には尽くすし、束縛《そくばく》するし、甘やかすやつだったんだな。しかも淡泊とはほど遠いらしい。

俺に対する態度とはまったく違ってたけど、かえってほっとした。悠が大事にしてもらえてるって確信できたせいかな。俺に対しても、前よりかなり当たりが柔らかくなってたし。どうでもいいやつから、大事な恋人の兄弟に格上げって感じ。

まぁいいんじゃないでしょうか。意外なほどお似合いだったしね。

恋人になったいきさつとか、初エッチのこととか（だって悠は心は初めてだけど身体《からだ》は初めてじゃなかったわけだから）興味はいろいろ尽きないけど、そのうちじっくり聞いてやろうって心に決めた。

俺の事情は言わないことにした。ただアパートを引き払ったことは、送ってもらうときに夏木に教えておいた。会社の人の自宅にペットシッターとして下宿させてもらってる、って。当然恭悟さんのことは内緒だ。余計な心配されたくないし、また恋人でもない男と寝てるって知られて、二人に軽蔑《けいべつ》されたくないしさ。

悠とは一つ約束をした。約束っていうか、おねだり？　絵をね、欲しいって言った。悠が描いた水里の絵を、俺の部屋に飾りたいなって。

仏壇《ぶつだん》から見えるところに飾るつもりだ。俺の……俺たちの母親は、きっと悠と離ればなれになって寂しいと思うんだよね。

家の近くまで夏木に送ってもらって、帰りに紅茶を買って帰った。恭悟さんにあわせてずっとコーヒーだったからさ。

ささやかな俺への引っ越し祝いだ。


約束の絵が送られてきたのは、悠に会ってから三週間後。俺の頼みだからって、最優先で描いてくれたんだって。

あ、それは悠が言ったんじゃなくて、夏木がこっそり教えてくれた。たぶん「ありがたく思え、感謝しろ」って意味なんだと思う。

届け先は新居にしてもらった。どうしようかと思ったけど、やっぱ住んでるところを内緒にするわけにはいかないから教えた。さすがに恭悟さんってことは言いにくかったから黙ってたけど。

玄関にはちゃんと俺の名字《みょうじ》も入れてもらってるから問題なし。悠も下宿先が誰のとこか聞いてこなかったから黙ってた。

絵のサイズはそんなに大きくないよ。額の幅が五十センチくらい。水里にある古い教会が、朝霧《あさぎり》に包まれてる絵だ。水里って大昔は外国人の別荘なんかがたくさんあったから、教会はそのときの名残《なごり》らしい。

「うん、いい感じ」

ピクチャレールがあるから壁《かべ》に釘《くぎ》とか打ち付ける必要もなかった。高さをあわせて少し離れて絵を眺《なが》めて、俺は大きく頷いた。

「絵を買ったのか」

ドアを開けっ放しの作業だったせいか気がつかなかった。いつの間にか恭悟さんが部屋の入り口にもたれて、腕を組んでこっちを見てた。

「あ……うん」

伝票はもう破棄《はき》してあるし、通販だと言えば店のことをあれこれ聞かれずにすむかな。よくあることだけど、ショッピングサイト経由なら店の名前を覚えてなくてもさほど不自然じゃないはず。

答えまで用意したのに質問されなかった。入手経路に興味はないみたいだ。

「水里の絵だな。なんていう画家だ?」

「え……えっと……HARUKA．S……」

絵を見たらそうサインが入ってた。そのまんまか。まぁ、そうだよね。

「ふーん……」

恭悟さんはじっと絵を見つめて、しばらくなにも言わなかった。

絵が好きなのかな。でもそんな話は聞いたことないし、マンションにもこの家にも絵を入れてないし。

と思ってたら、急にこっちを向いた。

「貸別荘に飾る絵が欲しいんだよ。あとビレッジにもな。ちょうどいい、こういう柔らかい感じのがいいと思ってた」

「え……」

「この画家は発注可能か？」

「ど、どうだろう……」

プロじゃないいんだけど、いいのかな。あ、でも需要があれば、別にいいのか。でも時間あるかな。夏木があの調子じゃ、描く時間取られちゃうんじゃないのか。そもそも一枚にどのくらい時間がかかるのかも知らないや。

「連絡先は？」

「あー……まぁ、ある……けど……」

ぽろっと言っちゃった。見ず知らずの画家の絵をたまたま気に入って買った、っていう線は、俺のうっかりで早くもなくなった。

「なんだ、歯切れが悪いな」

「いや……その、まだ学生で、プロの画家ってわけじゃないみたいだからさ。連絡して、聞いてみることはできるけど……」

「学生？」

恭悟さんはまた絵を見た。それから少し感心したような様子になる。プロじゃないって知ったら頼むのはやめるんだろうか。だったら言わないほうがよかったのかな。

結局、撤回はされなかった。絵が気に入ったから、描き手の素性《すじょう》なんかどうでもいいらしい。

「そういえばおまえも絵を描いてたな。その繋《つな》がりか？」

「あー……俺はやめたよ」

出会ってから俺が絵を描いてるとこなんて見たことないだろ？　スケッチブック持ち歩いてたのは最初の一週間くらいで、そのあとは一度も開いてない。引っ越しのときに持ってはきたけど、クローゼットのなかにしまったたまんまだ。

少し考えて、恭悟さんは納得したように頷いた。

「悠は、死んだ母親の知りあいの息子なんだ。俺が水里を描いてくれって頼んだの。ここに飾りたくてさ」

「へぇ……学生って言ってたな。美大か？」

「いや、普通の大学」

「そうなのか。これで食っていけそうな気もするけどな」

「俺は絵のことはよくわからないけど……」

芸術方面には弱いんだよなぁ。きれいなものをきれいって思う感覚はもちろんあるけど、上手《うま》い下手《へた》とか価値とかは全然わからない。好きか嫌いかなんとも思わないか、基準は主にそれだ。

悠の絵はきれいだと思うし、好きだ。上手いとも思う。けど「上手い」と「ものすごく上手い」の差はわからないんだよね。

「やっぱり、悠って上手いの?」

「さぁな。そのへんは俺にはわからないが、きれいな絵だとは思う。それで充分だろ」

「そんなもんか……」

話しながらも恭悟さんの目は絵から離れない。これは相当気に入ったんだな。色使いがいいとか、飽きない絵だとか、いろいろ褒《ほ》めてる。

「正直、俺は絵や彫刻みたいなものに興味はないんだが、この絵には惹《ひ》かれるな」

「……きれいだよね」

兄弟の才能を褒められて嬉しいと思う。でも同時に苦い気分になった。焦りのような、寂しさのような、どこか諦《あきら》めの入った気持ち。夏木や異母弟や継母みたいに、恭悟さんも悠に惹かれちゃうんじゃないかっていう不安でもあった。

上手く表情を作れる自信がないから、俺はメールをチェックするって言って背中を向けた。本当に発注する気なら、その前に悠に可能かどうか聞かないといけないしね。

「とりあえず、聞いてみる。でも時間かかると思うよ。何枚くらい？　サイズは？」

「貸別荘の分だけで三枚はいるな。ビレッジは……とりあえず高級路線の部屋の分だけでいい。数はいくらあってもいいぞ。いくらでも飾る場所はあるからな。ああ、一枚あたりいくらかも聞いておけ」

「わかった」

まぁ高くはないだろうな。素人《しろうと》の学生だし、どこかの展覧会に出して入選したってわけでもないだろうし。

溜め息をつきたいのを我慢して、文面を打つ。

大量に依頼して、悠が引き受けたら、もしかして恭悟さんが悠に会うこともあるかもしれない。実際に会ったら、マズいよな。だってあからさまに俺たち似てるもん。雰囲気が違うだけで、顔の作りとかそっくりだし。赤の他人ってわけには……ああ、でもだったら一部の事実を言っちゃえばいいのか。生き別れの双子《ふたご》ですって。あんまり問題はないな。以前の充《みつ》留《る》のことを知ってるとはいえ、親しくはなかったから入れ替わったことに気付くなんてこともないだろうし。って普通そんなこと思わないし。

でも正直、会わせたくない。だって悠に会って、恭悟さんが絵だけじゃなく本人にまで興味持っちゃったら？　前はあんまり好いてなかったみたいだけど、いまの悠は前とは違うんだ。可愛《かわい》くなって、自信もついてキラキラするようになって、なにより色っぽくて。

ただセックスしてるだけじゃ、あんなふうに魅力的にはならないんだろうな。だってそれなら俺だってしてる。大好きな人に愛されて可愛がられるからなんだと思う。

「おい、どうした？　手が止まってるぞ」

「あー……ごめん。ちょっとぼんやりしてた」

メールは悠だけじゃなくて、夏木にも送ることにした。そうしないと、あいつうるさそうなんだもん。

これは仕事って、何度も言い聞かせてメールを打った。

心のどこかで断ってくれないかなって思ってる自分に気がついて、なんだかひどく泣きたくなった。


悠は仕事を一部引き受けてくれた。

やっぱり大量にっていうのは無理なんだって。そうだよね。こっちが希望してるサイズだと、月に頑張って二枚だっていうし。ちゃちゃっとやれば早くも描けるらしいけど、金取る以上は妥協できないって。うん、当然だ。

あとは夏木の考えも反映されてるんだろうな。だって絵に集中されちゃったら、自分がかまえなくなるもんな。

その点は恭悟さんグッジョブって感じ。悠の意思を尊重するつもりでいるらしい夏木は、仕事って言われたら好き勝手に押し倒せないらしいし。ざまあみろ。

でもって俺と恭悟さんの関係も、特に変わりなくだらだらーっと続いてる。

関係は良好だよ。意見の対立はあるけどケンカはしないいし、険悪な雰囲気になったこともない。むしろ俺と意見をぶつけてるときは楽しそうだ。

セックスも相変わらずしてる。頻度《ひんど》も変わらないし、休みの前の晩は気絶するくらい求められるのも変わらない。あれはね、定期的に発散したほうがいいタイプだよ。性欲強いほうじゃないのかな。いままでどうしてたんだろう。もしかして隣町まで足を伸ばして、玄人《くろうと》さんとしてたのかな。

それだったら、いま俺を相手にしてるのも頷ける。移動の手間もないし、金払わなくていいし。

はぁ……。ダメだ、なんか悲しくなってくる。

「そろそろ戻ろ……」

昼休みも残り十分。駅近くのカフェでランチを取ってた俺は、顔馴染《なじ》みになった店の人と挨拶《あいさつ》程度の言葉を交わして外へ出た。週一くらいで行ってるせいか、最近はこっそりおまけしてもらえるようになったんだ。常連サービス、みたいな感じ。

悠はパンとかかじりながら空き地で絵を描いてたみたいだけど、俺はだいたい店に入る。勉強も兼ねてね。内装とか接客とか、見るの好きなんだ。もちろん美味《おい》しいとこ限定。

今日は丸一日〈はしまや〉に入る日だから、いつものように夕方まで頑張った。もう九月だから、八月中ほど忙しくない。

これからちょっとヒマな時期なんだってさ。紅葉が始まるとまた増えるそうだけど。

「明日は午後からで、明後日《あさって》は休み……ね。充留くんがいないと寂しいわ」

「そう言ってもらえると嬉しいです」

いや本当に。必要とされるって、すごく嬉しいよな。あの家じゃ、俺なんかいてもいなくても同じだったからさ。

ちょっと遠い目をしちゃったせいか、戸塚さんが心配そうな顔になった。

「無理しないでね。いくら若いっていっても、限界はあるんだから」

「あー……はい」

ときどき俺がつらそうに立ってるのを見て、前から気になってたらしい。いやそれは、人に言えないことが理由だから……。

「主任はよくしてくれてる?」

「はい、とても」

本当に恭悟さんはよくしてくれてるよ。

下宿するって言ったときは戸塚さんにものすごく驚かれて、心配されちゃったんだ。俺じゃなかったときの充留……ようするに悠が、恭悟さんのこと苦手だったからね。いまもときどき、大丈夫かなって顔をされる。

「まぁ下宿させてもらってるあいだにしっかりお金貯めなさい。そうしたら犬を飼えるようなとこに引っ越せるわよ」

「そうですね」

さらっと言えたけど、内心はかなり動揺してた。普段は考えないようにしてたけど、いまの生活はいつか終わるんだ。だって恭悟さんのところには、ひっきりなしに縁談が舞い込んでる。それは何人かに聞いたし、恭悟さんが目の前で父親……つまり現社長からの電話で押し問答してるのも聞いた。

自然な流れだよな。羽島グループの次男で、あれだけの容姿の人なんだから。

「お疲れさまでした」

「また明日ね」

「はい」

ぺこっと頭を下げて店をあとにした。

よし、走るぞ。もやもやした気分を払拭《ふっしょく》するには走るのが一番。

背中はジョギング仕様のリュックで、靴《くつ》はもちろんジョギングシューズだ。家までは五キロだけど、まだそれくらいが精一杯だからちょうどいい。

あ、その前に携帯電話を見よう。恭悟さんから買いものの指示があるかもしれないし。

着信とメールが一件ずつ、あとメッセージも。あれ、どっちも悠だ。絵のことかな？　仕事の話は俺が窓口なんだ。恭悟さんに名前は教えてあるし、父親の会社のことも言ってあるけど、いまのとこ本人に興味はないみたいでほっとしてる。このまま会わずにすめばいいな。

まずメールを見て、俺は固まった。

「は……？」

なにこれ、どういうこと？　日比野《ひびの》って……なんで？

この姓を見ただけで、口のなかに苦いものが広がった。いまでもときどき夢に見る、懐かしい親友のものだから。いや、元……だな。

メールには「日比野って人が来て、いろいろあって、〈はしまや〉を教えちゃった」って書いてある。はしょりすぎだよ。

やっぱりこの日比野って、日比野英一《えいいち》のことだよな？　それ以外に、俺の関係者で日比野はいないし……。あ、でも英一の親もいるか。個人的に連絡取ったりしたことなんかないけど、もしかして英一になにかあったとか？

さっきからずっと、ちくちく古い傷が痛んでる。

もう五年くらいたつのか。夏木のことほど割り切れないのは、幕引きが俺の意思じゃなくて、しかも唐突だったせいかもしれない。

英一は中学のときの同級生で、すごく気があった。あいつは無骨で、いまどき珍しいくらいの硬派で、俺はいまよりやる気のない愛想《あいそ》がいいだけのガキだったけど、結構上手くいってた。いっつもつるんでたな。

あいつの留学を知らされたときは愕然《がくぜん》とした。しかも連絡先を教えてもらえなかったし。

勉強に専念したいからって理由だったみたいだけど。

なにか気に障《さわ》ることとしたり、言ったりしたのかなって何回も考えたけど、わからなかった。理由聞きたくても聞けなかったし。たぶん、あいつの「その他大勢」カテゴリーに俺も入ってたんだなって諦めるまでに何ヵ月かかかった。

すごいショックだったよ。親友って思ってたのが自分一人だけだったなんて、恥ずかしいとまで思ったよ。

だから英一のことは、ほろ苦い思い出なんだ。

充留になった俺には、関係ないことになっちゃったけど。

「そっか……帰国したのか」

でもどういうことなんだろう。とりあえず詳しいことを聞かなきゃな。

俺は悠に電話をした。

『はい、悠ですっ』

「あ、充留だけど。なにあれ、どうしたんだ？」

『ああ、うん……それがね、日比野って人なんだけど……』

なんだろう、やけに歯切れが悪い。なにかあったんだろうか。まだ時間はあるから、店の手前にある空き地に入ってそこで話を聞くことにした。

『わたしから説明しますよ』

あ、夏木だ。きっとあれだな、悠に任せてたら話が進まないからだ。焦《じ》れたっていうよりも早くすませたいんだろう。

「なにごと？」

『今日、日比野英一が突然うちに来ましてね。悠さまに面会を求めました』

「はぁ」

あ、本人なんだ。五年も音沙汰《おとさた》なかったのに、どういうつもりなんだろ。

『なかなかに鬼気迫る勢いでしたので、わたしが同席するのを条件に対面させましたら、開口一番に、おまえ誰だ……と』

「……え……」

ちょっと待って。それって、すぐに俺じゃないってわかったってこと？　それってすごくないか？

『面倒なので、水里駅前の〈はしまや〉で聞けと言って追い出しました。悠さまに付きまとわれては困りますからね』

うわぁ、いろいろとひどい。つまりそれ、厄介払《やっかいばら》いというか、俺に丸投げしたってことだよな？　うん、そうだった。夏木って男はそういうやつだ。

「押しつけられた……」

『あなたの親友なんですから、あなたが対応すべきでしょう。ああ、元……でしたか』

どこまでも俺には皮肉を忘れないやつだな。でも前より棘《とげ》がないから別にいいや。慣れたっていうよりも、俺が夏木にこだわらなくなったら、まったく気にならなくなったっていうのが正しいと思う。

「どこまで話したんだ？」

『なにも。とりあえず、二度と悠さまの前に現れないように言いましたところ、そいつに用はないと言い放ちましたよ』

「それって何時頃？」

『四時過ぎでしたかね』

「篠塚《しのづか》っ！」

「は……え？」

突然割って入ってきた声に、びくっとしてしまった。反射的に見たら、背の高い男がこっちを向いて立ち尽くしてた。

薄暗いしら遠いから、顔がよくわからない。けど、英一なんだってことは確信した。

篠塚……かぁ。久しぶりに呼ばれたけど、自分の名字って感じはまったくしなかった。山《やま》崎《ざき》充留になってまだ日が浅いのに、もうすっかり他人の名字だ。

『お友達が見えたようですね。では、これで』

「あっ、ちょ……」

切られた。関わりたくないって気配が伝わってきてたからな。たぶん、夏木が一人で対応してたら連絡も寄越さなかったんじゃないだろうか。

俺は携帯電話を握りしめたまま、茫然《ぼうぜん》と英一を見つめていた。そのあいだに、あいつはどんどん近付いてきた。

五年ぶりだ。それが短いようでいて、とんでもなく長いんだと知った。

顔がわかるくらいの距離になって実感する。俺と同じ二十歳なのに、俺と違って大人っぽかった。最後に会ったときは同じくらいだった身長も、いまじゃ見上げなきゃいけないくらい差がついた。

なにより男くさい。こんなんだったっけ？　相変わらずイケメンだけど、昔はそれでも少年っぽさみたいのがあったはずなんだ。いや二十歳《はたち》だから、なくなってて当然なのかもしれないけども。

短くして立てた髪がスポーツマンって風情《ふぜい》を醸《かも》し出してるな。硬派のイメージは相変わらずだ。

そう、もともと半分体育会系なんだよこいつ。剣道部で主将まで務めた男だからな。いまもやってるのかな。

五年ぶりの再会だっていうのに、思ったほど動揺してないことに気付く。ましてあんなふうに、ぷっつり切れちゃった相手なのに。

英一の目がマジすぎるからかな。冷めてないどころか熱っぽいくらいだし、怒りだとか憎しみだとか、そういう負の感情が乗ってるわけでもなさそうだし。かといって単純に嬉しいっていうわけでもない。まぁ、当然か。だっていまの俺、こいつが知ってる人間じゃなくなってるもんな。

どうしたもんかなぁ。久しぶり、っていうのは、やっぱりマズい気がするんだ。だって俺とは初対面のはずなんだから。

でもさっき篠塚って呼ばれたしなぁ……。そうなんだよ。親友だったはずなんだけど、あいつは俺のこと絶対名前で呼ばなかったんだ。篠塚、って名字で呼んでた。俺は下の名前で呼んでたんだけどな。でも俺にとってはそのほうがよかったんだ。だって「悠」って名前は俺のものじゃないっていう漠然《ばくぜん》とした感覚がずっとあったからさ。別に英一はそんな気持ちを汲《く》んでくれたわけじゃないと思うけどね。だって口に出したことはなかったし。

「えーと……」

英一は無言で俺を見つめてる。

夏木じゃないけど本当に鬼気迫る感じがして、ちょっと引いた。そんな俺の様子に気付いたみたいで、いきなり英一が動き出した。

「会いたかった」

えええっ……？　いきなりハグされたんだけど……どうした？　おまえ、スキンシップ苦手って言ってたじゃん。アメリカナイズ？　アメリカナイズされちゃったのか？

にしてもムカツククらい育ったな。恭悟さんと同じか、ちょい低いくらいじゃん。体格は細めっていうか、まだできあがってない感じだけど、充分俺はすっぽり腕のなかに入っちゃってる。

つーかいつまでハグしてんだよ。なんかしゃべれ。

「あのー……離してくれない？」

「いやだ」

「えええ……」

食い気味に拒否されたよ。俺の「くれない？」の「ない」の部分に完全に被ってた。

いやでもさ、これはあんまりよくないんだよ。薄暗いし、人目には付きにくいけど、まったく誰も通らないわけじゃないんだからさ。俺の地元だよ？　職場の脇《わき》だよ？　マジで困るんだって。

「おまえにとったら旅の恥は掻《か》き捨てですむかもしれないけど、俺はこのへんが地元なんだよ。顔が知られてんの！　あとで〈はしまや〉の店員さんが男と抱きあってたとか噂になったらヤバいの！」

「……わかった」

声にも顔にも思いっ切り「不本意」って書いてあるけど、とりあえず離れてはくれた。けど、腕をつかまれてる。別に逃げようとか思ってないんだけどな。

とにかく移動しよう。でもどこに？　さすがに家はマズいし、アパートは引き払っちゃったし……あ、マンションにしよう。まだ貸し出しはしてなくて、ちょこちょこ手を加えてる最中だから俺も鍵《かぎ》持ってるんだ。

「ゆっくり話できるとこあるから、行こう」

英一は黙って俺の横を歩いた。なにか言いたそうだけど、なにも言わない。俺もいまは黙ってようと思った。

だってさ、なに言ったらいいのかわからないんだよね。世間話って雰囲気じゃないし、まだお互い名乗ってないし。

やっぱりこれは、認めるべきだよな。たぶん英一は確信してるはずだしさ。まぁ、顔がそっくりで、雰囲気が前の俺と一緒なんだから、別人って思うほうが無理あるのかも。

なんか俺、ちょっと浮かれてるみたいだ。単純に会えたのは嬉しいし、会いにきてくれたってのも嬉しいし、俺が誰かってわかってくれたのが嬉しい。その前に、悠を見て俺じゃないってわかってくれたっていうし。

ああ、やっぱりおまえは俺の親友なんだな。親友って思っていいんだよな？

「向こうの大学って、いま休みなんだっけ？　帰省中？」

「卒業して戻ってきたんだ」

「え……？　あ、スキップしたの？　それにしても早いな」

文武両道を絵に描いたようなやつだったから、それもありかと納得した。

どうでもいいけど、もう俺が悠だったたってことが前提で行動してるよな。英一も確認すらしようとしないし。

「こっちで大学院に入ることになってる」

「あーそうなんだ」

「それで……おまえに謝らなきゃいけないと思って」

「いいよ、もう気にしてない」

ついさっきまでは心に刺さった小さい棘みたいな感じだったけど、こうやって会いにきてくれたし、悠に会って俺じゃないって気付いてくれたから全部流すことにした。

「それよりさ、篠塚の家に行ったんだって？」

「あの野郎から聞いたのか」

チッて舌打ちが聞こえたぞ。そういえば昔から夏木のこと嫌ってたもんな。陰険だとか性格悪いとか、いろいろ言ってたっけ。それも本人に面と向かって。

当時から、こいつすげぇって思ってたよ。あの夏木にあんなこと言えるなんてさ。

「もしかしなくてもそれって夏木のことだよな？」

「ああ。おまえのそっくりさんじゃない」

「そっくりさん……まぁそっくりだけどさ。うん、さっきの電話は夏木だったんだ。って言っても最初に連絡くれたのは悠だけど」

俺が悠の名前を口にすると、英一はあからさまに反応を示した。不快そうな、苦いものを飲み込んだような顔だった。

「……あの子、誰なんだ？　なんでおまえが、こんなとこにいるんだ」

「だから悠だよ。本物の、篠塚悠」

「どういうことなんだ？　だったらおまえは誰なんだ」

声がちょっと苛立《いらだ》ってる。俺がからかってるとでも思ってるのかも。そういえば昔から感情を抑えるのがヘタクソだったっけ。

「俺は山崎充留だよ」

「……充留……」

うん、やっぱりストンと俺のなかに入る名前だ。懐かしい英一の声で呼ばれると、余計に嬉しくなる。

自然と俺は笑ってたんじゃないかな。

「俺たち、双子なんだ。見てわかったと思うけど」

わりと早足で歩いてたから、すぐにマンションというか民芸家具店が見えてきた。もう店はしまってるけど。

あ、そうだ。一応断っておかなきゃ。

歩きながら短いメールを打った。ちょっと部屋に寄るから、って程度。たまに掃除したり食器とか足《た》したりしてるから、特別なことじゃない。

「俺んちじゃないんだけど、仕事で関わってる部屋なんだ」

「仕事？」

「俺、羽島リゾートってとこの社員だから。ここは貸し部屋なんだよ」

玄関とリビングの明かりだけつけて、ソファを勧める。俺はどうしようかと思ったけど、ベッドに座ることにした。三メートルくらいしか離れてないし、五年ぶりに話すんだからちょうどいい距離って気がする。

明るいところでまじまじと見ると、やっぱり英一なんだなって思う。

「なにがあったんだ？　どうして山崎充留なんて名乗ってる？」

「名乗ってるっていうか、これが俺の本当の名前なんだよ」

「意味がわからないんだが……」

まぁそうだよな。うーん、やっぱりこれは足を見せるしかないか。

俺はジーンズの裾《すそ》を捲《まく》り上げて、スネを出した。英一はぎょっとして挙動不審になってるけど、どうした……？

とりあえず、傷のない足を見せてやる。

「傷、ないだろ？」

「……皮膚《ひふ》の移植か？」

「バカ。するわけないじゃん。この身体はさ、ケガなんてしてないんだよ。だから普通に走れる。ほぼ毎日走ってるんだよ？　悠にはその点じゃ悪いことしたなって思うけど、あいつはもともと走る気ないみたいだから不自由はしてないみたい」

意味、これでわかるかなぁ？　普通はわかんないと思うけど、それならそれでいいかなって思う。俺はこれ以上、言う気はないんだ。

しばらく難しい顔をして考えて、英一は小さく頷いた。

「ようするに、おまえは充留という別の人間になったけど、中身はそっくりそのまま、って

「ことでいいんだな?」

「うん」

いろいろすっ飛ばした結論だけど正解だ。英一は経緯は聞こうとしなかった。どうでもいいのかもしれない。ま、そのうち機会があったら、全部話そうかなとは思ってるけど。

「戻ることは？」

「ないよ。だってこれが本来の形なんだ」

「そうか」

「信じるんだな。っていうか、どうして悠に会って、俺じゃないってわかったんだ？　夏木の話だと、一目見てすぐって感じだったけど」

開口一番って言ったから、第一声がそれだったんだろう。ってことは、ろくに会話してないってことだ。

「見てすぐ違うって思って……表情とか雰囲気とか全然違ったからさ。もしかして記憶喪失かーとか、いろいろ考えたけど……やっぱ別人としか思えなくて」

「すごいな」

実の父親は問題外として、腹違いの弟や継母は違和感はあったみたいだけど別人疑惑までは抱かなかったらしいぞ。そのうち「まぁいいかこれで」って、釈然としない部分は全部飲み込んで気にしないことにしたみたいだ。そう考えると意外と大ざっぱだな、篠塚家の人たち。

「普通は別人なんて思わないよな」

「……反応しなかったからな」

「なにが？」

なにそれセンサーでもついてんのか？　俺探知機みたいな。ヤバい、笑える。って思ったのに、英一が真面目くさった顔してるから笑えなかった。いまの冗談じゃなかったみたいだ。

「きれいだとは思った。色気があるなとも……けど、欲情しなかった」

「……え？」

いま、なんていった？　よくじょう？　浴場……？　や、違う、あれだ。欲情……だ。

やけに熱っぽい目で見られてびくっとしてしまった。どうしよう、これどうしたらいいんだろう。

「中学んときから、おまえのことが好きだったんだよ」

まさか、って笑い飛ばすことはできなかった。言われて初めて気付いたけど、そういえばこいつは俺に、いまみたいな目を向けてきたことがあった。当時は気にしてなかったけどな。だって俺は自分の不毛な恋に手一杯だったから。

でも卒業する少し前から、妙によそよそしいなって感じたことはあった。それって、意識的に俺と距離を置こうとしてたからなのか。

「あのまま一緒にいたらヤバいと思った。だから逃げたんだ。声聞いたりしたら断ち切れないと思って、あんなふうに……」

後悔でいっぱいって顔して言うなよ。別にもう責める気なんてないけど、こっちのほうが申し訳ない気分になってくるじゃないか。

本当にまったく気がついてなかった。無神経だったな。だって俺、普通にスキンシップとってたもん。

中坊《ちゅうぼう》にはつらいよな。俺だって好きな人に……俺の場合は望んでだけど、好きな人にそういう気持ちもなく触られたりしてるのは虚《むな》しさがある。そのくせ自分からきっぱりやめようって言えなくて、かまってくれたり優しくしてくれたりされて喜んでるんだよ。一緒にいたくて、いろんなことに目をつぶってる。

あーもうどうしよう。これはこれで問題じゃん。会いにきてくれたって単純に喜んでたけど、英一の様子とか言葉からすると、気持ちは過去のものって感じじゃないよな。

「充留」

俯《うつむ》きがちだった視線が、急に俺に向かってきてドキッとした。ついでに名前で呼ばれたことも。

この変化はなんだろう。昔は絶対に名前で呼ぼうとしなかったのに。

「な……なに？」

「好きだ。諦めようとしたけど、五年かかってもだめだった。だったらもう開き直ろうと思って、会いにいったんだ」

そしたら俺じゃない悠がいた、ってことか。いや、それにしたって一目で別人判定しちゃうって、どれだけ勘が鋭いんだよ。まぁ夏木も悠に会って、すぐ別人って確信したみたいだけど。その理由が腹立つことこの上なくて、やつ曰く「どうしようもなく惹かれて、すぐにでも犯したくなったので別人だと思った」だって。失礼な！

夏木も英一も、下半身にセンサーがついてるらしいよ。

でも本当にどうしよう。思わず現実逃避しちゃってたけど、ふざけてられない問題だ。嫌われてなかったのも、切り捨てられたわけじゃなかったのも嬉しいけど、英一が俺に向けるのが恋愛感情ってのは正直困る。しかも欲情するとか言うし……昔と同じように付きあうのは無理ってことだよな。

「いや、あのさ……同性に告白されて俺が引くとか、考えなかったのか？」

「それならそれで、きれいに玉砕できていいかと思った。とにかくあのまま、ずるずる引きずるのはよくないと思ったんだ」

「まぁ……そうかもね」

実際のところ俺は引いてないわけだけど。それは言った瞬間にわかっただろうから、英一もさっきより少し勢いづいてる。

「ちなみに、親友のままってのは……」

「無理だ。そのつもりなら、黙ってた」

「ですよね」

うう、やっぱり。いまこうしてるあいだも、英一の目は熱く俺を見つめてる。この目はあれだ、恭悟さんが俺を抱くときに見せるやつだ。確かに欲情してるってことなんだろうな。

さっきの言葉とこの目を、五年前に向けてくれてたら、どうなってたんだろう。想像でしかないけど、たぶん俺は拒絶しなかったと思う。英一を恋愛って意味で好きだったわけじゃないし、好きになれたかどうかもわからないけど、断って英一を失う可能性を恐れて、受け入れてしまった気がする。夏木のことは好きだったけど、あいつが絶対俺を好きにならないのはわかってたから、諦める意味でも英一と付きあったんじゃないかな。

でもいまはだめだ。恭悟さんを好きなままで、英一を受け入れるなんてできない。

「俺さ、好きな人いるんだ」

「恋人なのか？　片思い？」

英一はショックを受けたという感じじゃないけど、俺の答えに身がまえてる感じだった。

言葉は慎重に選ばなきゃいけない。対応を間違えちゃだめだ。自分でもずるいって思うけど、俺は英一を受け入れる気はないくせに、こいつっていう友達を失いたくないんだ。

こいつは俺が俺だって、わかってくれるやつなんだ。厳密に言うと、悠が俺じゃないって見破ったんだけど。

しかもどんな理由であれ、俺と悠の両方を知って、なお俺のとこに来てくれた。恭悟さんは一応どっちも知ってるけど、入れ替わったことなんか知らないしさ。実際に会ったら、どうなるかわかんないって思ってる。

悠って可愛いじゃん。前はおどおどして自信なさげだったけど、いまは愛されオーラみたいのが出て、すごく人目を引く美人って感じになったし。

思わず苦笑してしまった。

「恋人になれたらいいなって思ってるけどね」

やることはやってるけど、肝心《かんじん》の告白はされてない。一緒に暮らして、寝てるからって、彼氏面《づら》するわけでもないし、束縛するようなことは言わないし、しない。たとえば、ほかの男……女の存在とか、気にしないんだよね。一回だけ、俺がお客さんに誘われてるのを見られたことがあるんだけど、ふんって鼻で笑う感じだった。だから俺も、自分が特別って態度は取らないことにしてる。

だからって恭悟さんは、俺をぞんざいに扱ったりはしない。見かけによらず、すごくマメな人なんだと思う。ベッドマナーというか、寝る相手に対するマナーがいいっていうかね。あれは危険だと思うよ。相手が勘違いしちゃう。嫌われてるわけじゃないし、中途半端なつらさはある。けど、それ以上に一緒にいるのが楽しくて、嬉しいから始末に負えないんだよ。

「……なれそうなのか？　相手はフリーか？」

「フリーだよ。けど……どうかなぁ、嫌われてはいないっていうか、気に入られてはいると思うんだけど」

あの人は好き嫌いがはっきりしてるタイプだからな。もちろんプライベートのときはって意味で、仕事でそれが必要ならちゃんと愛想よくできる。悠……っていうか、前の充留に冷たかったのは、たぶんその必要がなかったからだと思う。

聞かれるまま答えたら、英一が満足そうな顔をした。

「だったら俺にも可能性はあるってことだな。男から告白されて、おまえが嫌悪感丸出しっていうならともかく、そうじゃないし」

「あー、うーん……まぁ、そのへんは別に……」

「ちなみに片思いの相手って、どっちだ？」

「そこは普通、ナチュラルに女って思うとこじゃないの？」

「さっき俺が告白したときの反応で、そのへんのこだわりはなさそうだったからな。男の可能性もあるかと思った」

カンがよすぎるんだけど、こいつ。それとも、もしかして俺がわかりやすいのか？

「おまえは寂しがりで甘えたがりだから、どっちにしても年上だろ？」

「……当たり」

ヤバい、さすが親友。よくわかってる。やっぱりこれは俺がわかりやすいって以上に、英一が俺のこと把握し切ってるってことなんだろうな。

「で？」

「あ、うん……男だよ」

さすがに一緒に住んでいることは内緒にしておく。ましてセックスしているなんて、口が裂けても言えない。

「いつこっちに来たんだ？　長いのか？」

「いや、七月だよ」

「まだ二ヵ月か。最近だったんだな」

「まぁね。でもすっかり慣れたし、こっちの暮らしがあってるみたいでさ。すごく楽なんだ。呼吸しやすい感じ」

この身体と名前が本当だ、なんて言えはしないけど、英一は「いまが楽」っていう部分に納得してた。昔、俺があの家で息苦しそうにしてたのを知ってるからな。

「大変じゃないのか？　おまえ、お坊ちゃんだったんだし」

「まぁ、自分でいろいろやんなゃいけないけど、慣れたよ。家事スキルも上がったしさ。料理もしてるんだぞ」

「すごいな。俺と違ってゼロに近いスタートだったろ？」

「器用だから」

「そうだったな」

ようやく英一はくすりと笑ってくれた。たぶん、こいつなりに緊張してたんだと思う。自分から背を向けた相手のとこに、五年ぶりにやってきて、しかも名前も生活も、肉体まで変わってるなんて事態を目《ま》の当たりにしたんだから当然だ。

「もともと、俺にはいまの生活のほうが性に合ってたんだと思う。接客業好きだし、いろいろリゾート関係の仕事も手伝わせてもらってて、それもやりがいあるしさ」

「羽島リゾートか」

「知ってんの？」

「来る途中に調べた」

そうか、簡単に調べられるもんな。〈はしまや〉で検索すれば一発だ。いや、もしかしたら、同じ名前のなにかがあるかもしれないけど。っていうか、ありそう。でも少なくとも水里にはないぞ。

「ホテルやら別荘やら、水里じゃ一番みたいだな」

「うん」

単純にホテルの規模がデカいって意味じゃなくて、企業として水里一なんだよね。観光がメインの町だから、水里の経済は羽島が中心にまわってるんだ。宿泊施設だって、旅館タイプからリゾートホテル、ビジネスホテルまで……あ、そうだホテル。

「英一、今日どうすんの？　日帰り……？」

「いや、泊まる」

「ホテル取ったの？」

「それも来る途中で。駅前の、羽島リゾート系列のとこだ」

「ああ……」

夏休みが明けた平日だから簡単に取れたんだろうな。電車のなかで調べたり予約したりしたんだろうけど、英一の荷物自体は小さくて、泊まり支度《じたく》なんてしてない。篠塚家に行った足で来たんだろうな。で、見つからなかったときのことも考えて宿を取ったわけだ。

どうしようかな。本当だったら買いものして帰って晩メシの支度するはずだったんだけど、英一を放り出して帰るわけにもいかないし。夕食だけでも付きあおうかな。

でも、微妙な関係になっちゃってるし、ヤバいかな。気があるって思わせたらマズいよな。ここは振り切って帰るべき？

「あのさ……」

少し身を乗り出して言いかけたとき、急に英一がくわっと目を見開いた。本当に音がつきそうなほどの変化だった。

「どういうことだ！」

「へっ？」

急に怒鳴《どな》られて……というか叫ばれて、思わずびくっとしてしまった。いやだってすごい剣幕だから。

英一は立ち上がって俺のとこまで来ると、がばっと俺の服の襟《えり》元を両手で開いた。伸びるって！

「……誰につけられた」

聞いたことがないくらいに低い声だった。怒ってる。これはムチャクチャ怒ってる。

キスマークのことだよな。恭悟さんとの連日のセックスで俺の身体からはキスマークが消えることがない。消える前に上書きされるんだよね。痕《あと》がついてるところは、ほぼ全部俺が喜ぶとこだ。あとは恭悟さんが好きな場所ね。

それにしてもマズいなぁ。これどうやってごまかそう。片思いって言っちゃったし、セフレなんて言って軽蔑されたらやだし、玄人さんが相手って言うのも微妙だよな。えー、どうしよう。

打開策が浮かばなくて目を泳がせてるうちに、英一の顔がさらに険しくなった。

怖い怖い。無言のプレッシャーが超怖い。目をあわせるなんて無理だ。

「説明しろ」

「えーと、あのぉ……」

「片思いの相手か？　それとも別の男か」

「なんで男限定……」

「こんな痕つける女がそうそういるとは思えない」

女だっているかもしれないじゃん。いや、俺につけたのは英一が言うとおり男だけどさ。油断してたなぁ。普通にしてれば見えないと思ったのに、屈《かが》み気味で身を乗り出したのがマズかったのか。

「充留」

「とりあえず、手を……」

って俺が言いかけたとき、突然ガチャって玄関のドアが開いた。あ、ここオートロックじゃないんだった。

英一と二人で顔を向けたら、こっちを見て固まってる恭悟さんがいた。

そうだった、連絡したんだった。まさかもう一人いるなんて思わなかっただろうから、俺のこと迎えにきてくれたんだ。

「恭悟さん……」

俺の呟《つぶや》きがスイッチだったみたいに、恭悟さんは無表情で、ずかずかと近寄ってきた。顔が怖い。ただでさえ迫力ある人だからさ。俺なんか完全にフリーズ状態だ。英一は俺の襟元をつかんだまま、警戒して身がまえてるけど。

恭悟さんは無言で恭悟を引きはがし、俺を腕に抱き込んだ。左腕だけでね。右手はどう見ても臨戦態勢。なんていうの、いつでも殴《なぐ》れますよ的な。

英一がおとなしくしているのは、俺が恭悟さんの名前を呟いたからなんだろうな。知りあいみたいだから、下手なことはしないでおこう、みたいな。でも顔つきとか雰囲気は相当剣呑《けんのん》だ。身がまえてはいないけど、こっちも臨戦態勢って気がする。

「知りあいか？」

「と……友達」

って言うと、恭悟さんは目をすがめて、それから小さく舌打ちした。

「こいつか、アパートの住人だったっていう……」

「違う違う！」

いやこれどうしよう。なんかややこしいことになっちゃったよ！　とにかく詳しいことは言わないほうがいい。高校の友達だと言うのが一番簡単だし、充留の通ってた高校は隣町だけど、なにかの拍子でそんなやつ……英一はいなかったなんてことになったら、また面倒くさいことになるもんな。

「充留、そいつは？」

英一にしては感情を抑えているほうだと思う。ムチャクチャ恭悟さんのこと睨《にら》んでるし、声もイライラしてるのがはっきりわかるけど、きっと英一には精一杯なんだろう。

それにしても困った。この状況……俺がしっかり抱きしめられてる格好で、ただの上司って言ったところで納得してもらえるはずがない。上司なのは本当なんだけど。

やっぱりここは、あれしかない。

俺は恭悟さんの首に抱きつくついでに、恭悟さんの顔が英一から見えないように背を向けさせた。

「さっきは嘘《うそ》ついてごめん。俺、本当は恋人……いるんだ」

話をあわせてもらおうとして、ちらっと目配せ……って言っても、英一に見えないように、ただ視線をあわせながら、こっそり片方の目だけ細めてみただけなんだけど。

「なんで、そんな嘘……」

うわぁ、これはマズい。告白されてない状態だったら、同性愛者だと思われたくなかった、ですむけど、告白されたあとで片思いだって言っちゃった！

えーとえーと、言い訳……。

「俺が誰にも言うなって、日頃から言い聞かせてるからな」

ナイスフォロー、恭悟さん！　さすがだ。さっきの合図《あいず》がちゃんと伝わってたみたいで、話をあわせてくれるどころかフォローまで！

恭悟さんは英一を振り返って、挑発的な顔をしてる。いかにも独占欲の強い恋人って感じがよく出てる。

あ、でも誤解は解いておかなきゃ。

「あの、恭悟さん。それでさっきのことだけど、襲われてたわけでも浮気でもないから。英一にキスマーク見つかっちゃって、追及されてたんだ」

「なるほどな。だが、おまえに気がある男ってのは確かだろ？」

「う……」

「中学のときからずっと好きだったんだ。俺は諦めない」

マジで？　いや、諦めて次の恋を探したほうがいいって。もったいないよ。英一ほど優秀で男前なら、いくらだって相手はいると思う。むしろ選び放題なのに。

「無駄《むだ》だ」

あ、切って捨てたよ。ちょっと鼻で笑ってる感じが、さすがだ。どこからどう見ても立派な俺さまです。

って茶化してみるけど、火花が散ってて怖い。

恭悟さんもノリがいい人だな。そういえばこの人も留学だか、向こうで就職だかしてたんだったっけ。案外気があうんじゃないか？

「行くぞ、充留」

「あ……うん」

促されて、俺たちは部屋を出た。確かにいつまでもいる理由はないもんな。

英一とは駅前で別れた。あんな態度に出てても、ついでに駅前まで英一を乗せてくれた恭悟さんはやっぱり大人だと思ったよ。

俺たちが連絡先の交換をしたことには、怖い顔して舌打ちしてたけど。

家に帰ってから英一のことを聞かれた。とりあえず、悠を通しての知りあいってことにしておいた。ついさっき告白されるまで、まったく気がつかなかったって言ったら、深い溜め息をつかれた。

「おまえって意外と鈍いよな」

そんなこと初めて言われたけど、英一の本心に気付かなかった事実があるから、反論はできない。

「まぁ、いい。とにかくあの男には警戒しろ。いいな?」

「うん……」

とりあえず頷いてはみたけど、正直警戒って言ってもなぁ。別に危険はないと思うんだ。英一は無理矢理とかそういうことするやつじゃないし。

「わかってない顔だな」

「え……」

「今夜は覚悟しとけ。ほかの男と二人っきりになった罰《ばつ》だ」

いやだから、切られたと思ってた親友との邂逅《かいこう》というか和解だったんだってば。まさか告白されるなんて思わないじゃん。

セフレにもマナーが必要なんだってこと知らなかったんだよ。セックスのときに興ざめするようなこと言わなければ、普段は自由だと思ってた。

釈明しても無駄みたいだから言わないけど。


午前中は座っていられる状態だからって、恭悟さんは俺に無茶させすぎだと思う。何人かが会議室に詰めていろいろと話しあって、午後はつらい身体に鞭《むち》打って〈はしまや〉の看板店員に徹した。

そんな俺の前に、英一はふたたび現れたんだ。

てっきりもっと早く顔出すかと思ってたんだけど、客でもないのに店に押しかけるのは気が咎《とが》めたのかな。ちゃんと俺の仕事が終わるまで待っててくれたみたいだ。

「昨日はどうも……」

視線をあわせづらくて、言葉もごにょごにょしてしまう。告白してきた親友に、どう接したらいいのかわからなかった。

場所はシャッターを閉めた店の前。今日は移動しないよ。二人っきりになるのはよくないって、昨日さんざん恭悟さんに説教されたからね。身体で。

確かにそうなんだよ。だって俺は英一の気持ちを受け入れる気ないし、英一もいまのところは諦めないって感じだからさ。前と同じように付きあうのは無理なんだよな。

「もう帰るとこか？」

「いったんな」

「へ？」

間抜けな声が出た。

「一度帰って、準備してから戻ってくる。もうアパートも借りた。安いな、こっちは」

「え……ええええっ？」

駅前に響き渡る俺の声。幸い、いるのは客待ちのタクシー運転手くらいだったし、窓閉まってるからたいして聞こえなかったはず。

フットワークが軽すぎてびっくりだ。いやいや、フットワークとかいう問題じゃない。

英一はなにか言おうとしたところで、急に視線を流した。しかも顔が険しくなった。

振り向くまでもない。恭悟さんだ。

「離れろ、間男《まおとこ》」

「失礼な。親友ですよ、俺は。恭悟主任」

え、なにそれ、なにその呼び方？　なんで英一が主任呼び？　それに昨日はタメ口だったよな。そのへんも変わってる。

思わず二人の顔を見比べてると、恭悟さんが俺たちに向かって車に乗れって命令してきた。合図じゃなくて、命令って感じだった。

俺はいつものように助手席で、英一は後ろだ。

走り出してすぐ、恭悟さんが謎《なぞ》を解いてくれた。

「そいつはうちの社員になった」

「は？」

「正確には、これからなるんだけどな」

意味がわからない。だって昨日の今日で、そんなことありうるのか？　いや、嘘言うわけないから本当なのはわかってるけど。

二の句が継げないでいると、後ろから英一が言った。

「今日、社長にお会いしたんだ。電話したら、ちょうどいるからって言われて、プロフィール持参で。そうしたら、即採用ってことになった」

アバウト！　ワンマンだって話は聞いたことあるけど、最近は長男に任せて半隠居状態とも聞いてるよ。ほかでもない恭悟さんから。

その恭悟さんの補足説明によると、専務の長男はグループを全国へ広げることに熱心で、もともとある水里の施設なんかは相変わらず社長の管轄《かんかつ》らしい。でも安定してるし、新規についてては恭悟さんが請け負ってるから、半隠居って言い方をしてたみたいだ。

「直感で動くタイプなんだよ、あの人は」

「それで、恭悟主任……か」

口調が変わったことも納得だ。社員になったらタメ口ってわけにはいかないもんな。俺だって仕事のときはちゃんとしてるし。

「こいつはホテル業務だな。英語が堪能だそうだし」

「これからも充留を口説《くど》きますけど、公私混同はやめてくださいよ」

「するか」

羽島一族の立場を使ってどうこう……なんて人じゃないのは、俺が保証する。そういうのは見苦しいって嫌う人なんだよ。

そこがまた格好いいんだけども。

「これ、住所。引っ越しは週末までにはすませるから」

「ああ……うん」

受け取ったメモ帳には、確かに水里の住所が書いてある。場所もだいたいわかった。前に住んでたアパートからだと歩いて十分くらいかな。俺もかなり水里の地理がわかるようになってきたな。しょっちゅう地図を見たり走ったりしてるおかげだ。

それにしても、どうしよう……。英一が水里に残るなんて予想外もいいところだ。恋人がいるって言えばあの場をごまかせると思って言っちゃったのにさ。どうせ東京に帰るならわかんないと思って。

いまさら嘘なんて言えない。言ったら、あのキスマークはなんだってことになる。微妙な関係とはいえ親友に軽蔑されたくないんだ。

それにさ、恋人がいるのに諦めないっていうやつだぞ。実は違うって知ったら、ものすごい勢いで迫ってきそうじゃん。

当分は恋人の振りを続けてもらうしかないな。

「充留に引っ越しの手伝いさせようなんて思うなよ」

「それは主任が決めることじゃないですよね」

ああ、今日も火花が散ってる。恭悟さんの態度が妙にきついのは、五歳以上も年下の英一の態度のせいなのかな。やたらと攻撃的というか挑発的だし、カンに障るのかも。

恭悟さんは適当に車を走らせてるらしかった。どこへ行こうってわけじゃなくて、話をする場所として車内を選んだだけらしい。

「充留からは、篠塚悠を通した知りあいだと聞いてるが……学校の友達かなにかか？」

「悠を知ってるんですか？」

二人とも探るみたいな言い方になってる。恭悟さんは俺の説明じゃ不充分だと思ってるんだろうし、英一は恭悟さんがどこまで俺たちに関わってるのかがわからないんだ。

ヤバい。この状態じゃ、英一に合図を送れない。

「直接は知らん。充留を通して、絵の依頼をしてるだけだ」

「……そうですか」

さすが英一、空気の読めるやつだ。絵なんてどこから出てきたんだ、って思ってるだろうけど、口に出さないところが偉《えら》い。

一応フォローを入れておこう。

「俺は限界感じて、すっぱり筆を折っちゃったけど、悠はすごいんだ。聞いてないか？　最近じゃ画廊《がろう》に出して買い手がついたりしたんだって。羽島グループでも何枚か頼んでるとこなんだ」

「いや……悠とは、そこまで話さなかった」

「そっか」

たぶん状況は飲み込めたはず。英一は以前の俺のことも把握してくれてる分、いろいろ助かるよな。

たぶん俺が英一のことを振り払えないのは、親友を失いたくない気持ちのほかにも、理解してもらえてるってのがあると思う。

だから英一の行動には驚いたけど、同時に嬉しいっていうのもあるんだ。だって俺、こっちにまだ友達いないんだもん。恭悟さんは自分の友達に俺をあわせようとしないしさ。ま、年も違うから仕方ないけど。

会話が途切れたら、恭悟さんは駅に戻った。話は終わりだとばかり路肩《ろかた》に止めて、無言で英一に降りるように促す。今日はとりあえず実家に帰るらしい。おじさんもおばさんも、英一がこっちで就職決めたなんて知ったら驚くだろうな。いや、なんかもう申し訳ない気分になってくる。

「じゃあ、また」

「うん」

挨拶はそれだけだ。なにを言ったらいいのかわかんないし、隣に恭悟さんがいるから妙に意識しちゃうし。

外へ出た英一は俺たちを見送るようにその場に留《とど》まって、恭悟さんはドアが閉まると同時くらいに車をスタートさせた。

みるみる遠くなって、すぐに英一は見えなくなった。

「本気だな」

「え?　あ……ああ……でも、あいつちょっと直情的な部分もあるから」

勢いで羽島リゾートに就職するなんて、いくらなんでも勢いに身を任せすぎだと思う。だって大学院に行くって言ってたのに。

「帰国してすぐ友達に会いにきて、水里に惚れ込んだ……ってアピールしたらしいぞ。大親友のおまえと同じ会社で働きたいとも言ったらしい」

「しゃ……社長にそんなこと言ったのか……」

どうなんだよ、それって。確かに社長は俺のこと知ってるけどさ。息子《むすこ》がペットシッター代わりに下宿させてるって話も把握してるし、もちろん仕事を手伝ってることも承知だ。

ちょっといたたまれない。

「面倒なことになったな」

「大丈夫だよ。英一のことは、友達としか思えないし。あいつは俺に無理矢理みたいなことはできないから」

「その自信はどこから来るんだ？」

「えー？　なんとなく？」

「当てにならねぇな」

うーん、バッサリ。まぁでも、そう言われちゃうのも仕方ない。俺は英一のことよく知ってるけど、恭悟さんは知らないもんな。けどさ、信用できると思うんだ。だって英一は、俺のこと襲っちゃいそうな自分が怖くて、アメリカに逃げちゃったような男なんだから。

なんとなく恭悟さんが苛ついてる感じなのが気になるけど、これからの生活がちょっと楽しみだったりもする。

友達がいてくれると嬉しいってのは仕方ないじゃん？

そのときは単純に、そう思ってた。


時間が流れるのって早いなぁ、と最近思うようになった。

年取ったからじゃないよ。毎日忙しいからだよ。やることがいっぱいで、気がつくと夜になってるんだ。だらだら生きてた大学生時代が嘘みたいだ。

ほんと一日の密度が濃い。夜は夜で大変だしね。その大変さが、翌日にまで影響する日も結構あるし。

「よし、行くか」

「……うん」

今朝は比較的楽なほうだ。だから散歩にも行ける。

二人と二頭で行く散歩は楽しいよ。いろんなこと話しながら歩く時間は、俺にとってものすごく大切なんだ。

深い話はしないけどね。

「足取りが重いな」

「してるだろう」

「そう思うなら手加減しろよな」

しれっと言い放ちやがった！　ありえない。笑ってるから、たぶん冗談なんだと思うけど、もし本当だったら洒落《しゃれ》にならない。

そうでなくても、最近恭悟さんが激しくて困ってるんだよ。もともと淡泊なほうじゃなかったけど、ここ何週間かはセックス覚えたてのガキかよってくらいやろうとする。でもガキじゃないから、ガツガツしてるっていうよりも、しつこさに発揮されちゃっててさ。それでも次の日が〈はしまや〉に入る日は手加減してくれてるらしくて、つらいけどなんとか立ち仕事もこなせる程度なんだけど、休みの日だったり、恭悟さんとの仕事の日はひどいことになる。移動は車だし、打ち合わせが主だからいいだろうって考えらしい。現地視察なんかのときは、俺だけ車に残ってたり。

恭悟さんはちょっと行き詰まってるっぽい。仕事は順調そうに見えるけど、俺にはわからないいろんなことがあるのかもしれないな。八つ当たりってわけじゃないけど、余裕のなさが俺とのセックスに繋がってる気がするんだよね。

「寒くなってきたなぁ……」

秋もすっかり深まって、紅葉のシーズンも終わってしまった。ここは早いんだよね。東京なんて、ようやく涼しくなってきた頃だよ。

これから本格的に寒くなってく。俺にとって初めての、水里の冬だ。寒いよって悠に言われてるから、覚悟はしてるけど。

「寒いのが苦手そうだな」

「えー、なんで？　まぁ苦手だけどさ……」

「寝てるとき、すり寄ってくるからな」

くすりと笑われて、思わず顔が赤くなった。

寝てるあいだのことなんて知らないって。起きたとき、恭悟さんに抱きしめられてることが多いのは、てっきりこの人が抱きまくら代わりにしてるせいだと思ってた。俺から寄っていってたの？　いやいや、実際のところはわかんないし。

「……すり寄る元気があるとは思えないんだけど」

「毎日やってるわけじゃねぇだろ」

「そうだけどさぁ……」

むしろ毎日あんなにされてたら、ゴリゴリ体力削られて大変なことになってるよ。

前より体力ついたって言っても、アスリート並の恭悟さんに付きあうのは大変なんだからな。受け身の負担を少しは考えろっての。

「たまには自分のベッドで寝たいか？」

「うーん、そういうわけでもないんだけど……」

寝心地はどっちも同じくらいよくても、人肌《ひとはだ》があるのとないのとじゃ違うんだよね。俺、やっぱり人恋しいのかな。

なんか今日はよくしゃべる。機嫌がいいのかな。

ここんとこ、ちょっと会話が少なかったんだよね。仕事の話はよくするし、他愛もない話はしてたけど、英一の話が絡《から》んできたりすると、途端に空気変わっちゃうというか。だからなるべく話には出さないようにしてるんだ。たぶん恭悟さんもそう。前ほど気楽に話ができないのが、ちょっと気になってる。一度意見がぶつかっちゃって、微妙な空気になっちゃったせいだと思う。

夜より短めの散歩を終わらせて、家に戻って朝食を取った。

自分の部屋で出勤の準備をしてると、俺の携帯電話が鳴った。メールの着信だ。

いつものモーニングメール。英一はびっくりするほどマメな男になって、毎日俺にメールか電話を寄越すんだ。仕事が終わって店を出ると、たまに待ってたりするし、二回くらいだけど戸塚さんの代わりに〈はしまや〉に入ったこともある。

二人だけで店に入ったり、出かけたりはしないことにしてるんだけどね。

英一は本丸のホテルに勤務することが決まった。英語が堪能だし、見た目がいいからあってると思う。けどいまは、いろんなとこをまわってる感じ。

メールの内容は、いつもだいたい一緒。おはようの挨拶と、今日の英一の予定。それから好きだとか愛してるとかいう言葉。

毎回書いてくるってどうよ？　こんなことするやつじゃなかったじゃん。

「……言って欲しい人は、言ってくれないのになぁ……」

思わず本音が出ちゃったよ。呟いてから慌てて耳を澄ませてみるけど、近くに恭悟さんはいなかったみたいでほっとした。

返信打とうかなと思ってたら、また別の着信が。

あれ、今度は悠だ。どうしたんだろ。

「え……マジで？」

開いてみたら、明日にでもこっちに来るって書いてあった。水里に別荘を建てるから、土地を見にくるらしい。あ、建てるのは夏木なのか。あいつ、なんでそんな金があるんだよ。謎なやつ。

ちなみに二人で来るらしい。悠は変装するって言ってるけど……どうする気だろう。まぁ夏木が付いてるから、突拍子もないことにはならないか。

「恭悟さーん」

リビングへ行くと、恭悟さんはもう支度をすませてた。うん、相変わらずスーツ姿が格好いいな。普通のサラリーマンには見えないけどな。小洒落たエグゼクティブって感じ。

「どうした？」

「いま連絡あったんだけど、篠塚悠が保護者と一緒に別荘の土地を探しにくるんだって。で、不動産部門の担当者を紹介してくれって」

「いつだ？」

「明日」

「急だな。とりあえず後藤《ごとう》に対応させせろ」

後藤さんかぁ。ベテランさんだから〈はしまや〉の手伝いに入ってもらったことはないけど、挨拶は何回かしたことがある。

「都合がつけば俺も顔を出す」

「え……いや、無理しなくてもいいよ……？」

できれば悠には会わせたくない。そっくりなのがバレるって意味もあるけど、それ以上に俺の感情的な部分がいやだって訴えてた。

「営業の一環だ。無理はするさ」

「まぁ……篠塚家は資産家だしね」

繋がりを得たいっていうのは仕方ないと思う。だから俺は強く言えなかった。

「何時だって？」

「えーと、二時って言ってる。たぶんランチ食べて一息ついて……って感じじゃないかな」

「だったら午後からおまえはそっちへまわれ。出迎えて、後藤を紹介しろ」

「わかった」

本当は午前中だけ恭悟さんの仕事を手伝って午後から〈はしまや〉の予定だったんだけど、また誰かが代わりに入らなきゃいけないみたいだ。そのへんの指示のために恭悟さんは早速電話してる。すぐに話はついたみたいだった。

それにしても……別荘か。やっぱり悠は水里から完全に離れたくないんだろうな。水里の絵をあんなにきれいに描くってことは、この町が好きなんだろうし。たぶん。

ほんの少しだけ気が重いことは、誰にも言えないって思った。


そわそわしながら午前中の仕事を終わらせて、一時にやってきた交代の人と入れ替わりに店を出る。

待ち合わせは駅から少し離れた場所にあるカフェにした。駐車場があるし、駅の近くだと戸塚さんに会っちゃうかもしれないからね。

軽く走って店へ行くと、もう見知った車が停まってた。

紅葉も終わった時期の平日だから、店はかなり空《す》いてる。この時期が一年で一番ヒマなんだってことは、いろんな人から聞いてることだ。

俺が入っていくと、悠がすぐに気付いて小さく手を振ってきた。嬉しそうなのは、きっと気のせいじゃない。

電話やメールはしてるけど、やっぱり直接会うのとは違うよな。

「や、久しぶり」

前回は八月下旬だったから、久しぶりになるかどうかは微妙なとこだけど。

悠と俺って、実は今日で会うのは三回目だ。自分でも信じられないけど、まだそれしか会ったことがないんだよ。

夏木は相変わらずで、ちらっと俺を見たっきりだ。

別に胸が痛んだりはしないよ。もうこいつに気持ちは残ってないからさ。いまは大事な兄弟の彼氏って認識だ。

二人は丸テーブルに座ってるから、俺は座り位置を考えなくてすんだ。

家では滅多《めった》に飲まない紅茶を頼んで、あらためて悠を見る。

変装するとは聞いてたけど、まさか茶髪にしてくるとは思わなかったよ。たぶんカツラだ。前髪がちょっと長めだし、悠は俯き加減になってるから、目元がよく見えないようになってる。しかもカラコン入れてる。

それだけでも印象って変わるもんなんだな。なんていうか……美少女ふうの仕上がりになってるよ。口元も付けぼくろなんかしてるから、そこに目がいって口の形自体の印象をごまかしてる。

「この変装考えたのって夏木？」

「うん。メガネとマスクにしようと思ってたら却下されちゃって」

「ああ……」

夏木の判断は正しいよ。メガネとマスクで、悠のことだからずっと下を向いてるつもりだったんじゃないかな。悪目立ちするよそれは。

しみじみと考えてたら、じっと見つめられてることに気がついた。

「なに？」

「大丈夫？　疲れてる？」

「元気だよ。いまだって店から走ってきたし」

一キロくらいはもうお手のものだ。最近は毎日ってわけにもいかなくなってるけど、三ヵ月以上走ってるから体力も持久力もついたしな。ついでに柔軟も続けてるから、結構柔らかくなってきたよ。

「このあいだの友達とは会ってるの？」

「ああ……うん。わりと」

英一がこっちで就職を決めたことはすでに報告ずみだ。一応言っておいたほうが、二人とも安心するんじゃないかと思ってさ。

かなり驚かれた。メールで報告したら、数秒で電話が返ってきたくらい。

当然、ただの友情には思えなかったらしくて、聞かれるまま告白されたことを話した。断ったことも、それでも諦めずに口説いてきてることも。

「進展なし？」

「いやだからさ、進展はしないから！」

その気はないって言ってるのに、悠は俺がそのうち絆《ほだ》されて落ちると思っているらしい。

いやいや、ないから。

「それよりさ、欲しいのは別荘なんだよな？　マンションじゃなくて」

「あ、うん。別荘がいいんだ。前に泊まった貸別荘みたいな感じ」

「イメージあるなら、どんどん担当者に言ったほうがいいよ。あと広さとか予算……は、夏木に聞いたほうがいいのか」

「場所に関しては悠さまに任せますよ。周囲の家と離れているならば、どこでも。わたしがこだわりたいのは、主に家の設備ですから」

「ふーん」

ちょっと納得。いかにも合理性とか求めそうだもんな。それでいて見た目とかもこだわるんだよ絶対。

まぁでも詳しい話をここでしても仕方ない。とりあえず悠の話だけでも聞いておこう。後藤さんとは面識あるはずだから、下手にしゃべらせないほうがいいしさ。そもそも声だってそっくりなんだから。

「どういう環境がいいんだ？」

「えーと……家のまわりは開けてて日当たりはいいけど、隣とのあいだには木がたくさん立ってて、こっちからも向こうからも見えない感じかな。水里の別荘地にはよくあるよね？」

「うん」

俺がいま住んでるとこがまさにそう。家の裏手には小さな川……湧《わ》き水が流れてるだけともいうけど、とにかく水の流れがあって、こないだ見たらわさびが自生してた。

たぶん悠のイメージもそんなとこだろうな。

俺はコーヒーを頼んで、時間ギリギリまで条件とか理想について話しあった。悠はついこのあいだまで水里で暮らしてたから、いろいろとわかってて話が早い。夏木はほとんど口を挟んでこなかった。

そのうち時間になって、駅前に戻った。本当は避けたいとこだけど、ここに営業所があるんだから仕方ない。

真っ先に車から降りて、さりげなく店のほうを見て、戸塚さんが外に出てきてないことを確認した。

よし、ＯＫ。このまま素早く悠を誘導だ。

三人で営業所に入って、後藤さんを紹介して、まずは世間話。それから本題に入って、夏木がいろいろな希望を提示する。俺の知りあいってのは後藤さんも知ってるから、悠の意見は俺が付け足してく形だ。

話すのは俺と夏木だけで、悠はときどき頷くだけ。もちろん後藤さんは空気を読んで、二人の関係を聞いたりはしないよ。

それからいくつかの候補地を上げて、説明してく。広さとか傾斜地かどうかとか。環境の説明は口頭だ。

そのあとは会社の車で現地へ見にいった。営業所でデータを見て絞った土地を、合計五ヵ所もまわった。

二時間以上かかったけど、結構楽しかったな。もちろん仕事で同行してるんだから楽しんでる場合じゃないのはわかってるし、態度にも出さないようにはしてたよ。

後藤さんは夏木さんに付きっ切りで、自然と俺が悠といるようになってた。なんとなく悠がどこを気に入ったのか、わかるような気がした。

結局、恭悟さんは来なかった。もともと今日は人と会う約束が入ってたから無理だったんだろうな。早く終われば、って言ってたし。

「では、明日またお待ちしております」

後藤さんに見送られ、二人は営業所を出ていく。俺はいったん後藤さんと並んで頭を下げたけど、知りあいってことで車のところまでついていった。

「そういえば、どこに泊まんの？」

「前回と同じ貸別荘だよ」

「ああ……あそこね。今度うちも貸別荘始めるんだよ。今月末なんだけどさ」

「へぇ、どんなとこ？」

「悠たちが泊まったとこに雰囲気は似てる。けど、ドッグランを付けたりして、犬連れのお客さんにも対応してるんだ」

「え……」

悠の顔が引きつった。相変わらず犬がだめらしい。これじゃ、俺が二頭の犬と暮らしてるなんて言えないなぁ。

いや、どうせ時間の問題だろうけど。

「すっかり馴染んでますね」

急に夏木が話しかけてきて、正直びっくりした。

「あ……うん、まぁね」

「接客業をやりたがっていただけのことはある。板についていましたよ。ご令息より性にあってたみたいですね」

「自分でもそう思う」

単純な感想なのか皮肉なのかは不明だけど、事実だから俺は大きく頷いた。悠は感心してるっていうよりも、尊敬のまなざしで俺のことを見てる。

まぁ、おまえが一番苦手なことだもんな。あれだよ。適材適所ってやつ。おまえは夏木みたいな男に溺愛《できあい》されながら、芸術のほうで才能発揮できる環境があってた、ってことなんだと思う。

「それはそうと、明日は俺いないけど大丈夫か？」

「明日はわたし一人で来ますから、問題ありませんよ」

「あ、そうなんだ」

「三泊の予定ですから」

「へぇ」

どうせ仕事の名目で来てるんだろうな。今回は絵のこともあるから仕事で通用しそう。悠が絵の道に進むことに関しては、当然父親と少し揉《も》めたらしいけど、強引に片を付けたらしい。

俺は二人を見送ってから、恭悟さんに連絡を入れた。一応報告はしないとね。絵の話は時間があったらでいいって言われてるから、できなかったことも言っておく。

三泊するなら、帰るまでに一時間くらいは話す時間もあるだろ、たぶん。

さて、挨拶して帰ろう。今日はこっちの仕事が終わり次第上がっていいことになってるから、少し手の込んだものでも作ろうかな。

営業所を出ると、俺はジョギングをしながらスーパーへ向かった。背中にはリュックで、足元はジョギングシューズだ。充留になってからは、いつもこうしてる。俺はスーツを着なくていい仕事だからね。

大きな道は選ばないで、木立《こだち》が並ぶ狭い道を結構いいペースで走った。駅前からスーパーまでは、一キロちょっとだ。ほかにもスーパーはあるけど、一番大きくて品揃えがいいのがここなんだ。

駐車場を横切って店に入ろうとしたら、「充留」って呼ばれて振り返った。

俺を名前で、しかも呼び捨てにするのは三人だけだ。その全員が水里にいるわけなんだけど……こういうときって、会っちゃまずい相手なんだよな、なぜか。

「英一……」

会うのは気まずいし、よくないと思う。けど親友だから会いたい。俺のなかで、そのへんの決着がつかないままなんだ。

恋愛感情を捨ててくれたら一番いいんだけど、それは俺の身勝手な考えだ。英一は、好きでいることを否定しないでくれって……可能性はゼロじゃないんだから、努力させろって言うんだ。

俺が本気で迷惑がってはないのが、わかってるのかもしれない。

実際さ、困ってはいるけど、迷惑だとは思えないんだよ。気持ちは純粋に嬉しいしさ。恋愛感情じゃなくても英一のことが好きなのは確かだし。

五年前に英一が背を向けて、そのあと俺が悠じゃなくなって、完全に切れたと思ってた糸が繋がってたってわかって……だからなのかな、余計にこの糸を切ってしまいたくないって思うんだ。

英一は停めた車から降りて、近付いてきた。そう、車乗ってんだよ！　留学中に向こうでちゃんとした免許を取ったんだってさ。ちゃんとしてない免許もあるらしい。よくわかんない話だよな。とにかく英一はそれを日本のに切り替えて、中古車を買って乗りまわしてるんだ。コンパクトカーだけどね。さすがに維持費が……って言ってた。

「早いな」

「ああ、うん。英一は休みだっけ」

「今日は洗濯と掃除で潰《つぶ》れた」

「どれだけ溜め込んでたんだよ」

「車の掃除も入れてだぞ」

どうせ昼近くまで寝てたんだろうな。昔から英一は夜更《よふ》かしの傾向があったもんな。早寝早起きってイメージなのに。

「夕飯の買い出しか？」

「うん」

「俺は一週間分の買い溜めだ」

まさか振り切るわけにもいかないから、一緒にスーパー入った。うーん、若い男が二人で、それぞれカート押しながら連れ立ってるってのは、ちょっと目立つ。これが女の人同士だったら、普通なのにな。

どこで誰が見てるかわからないから、下手なことはできないし。だから恭悟さんも素行はかなりいいんだと思う。水里にいる限り、どうしたってあの人は目立つし、顔も知られちゃってるからさ、将来的なこと……ようするに結婚して子供を育てて、ってことを考えてるのかもしれない。

「充留……？」

「あ……ごめん。なんでもない」

かなりぼーっとしてたらしい。英一が心配そうに俺を見てた。

「大丈夫か？」

「ちょっと疲れてるだけだから」

「送っていくよ」

「あ、でも悪いし。走るの、好きだからさ。ほら、せっかく走れる身体になったわけだし」

「それは体調のいいときの話だ。頼むから送らせてくれ。このまま一人で帰すのは心配なんだ。俺の車がいやならタクシーを呼ぼう」

この流れは厳しいな。英一のことだから、絶対にタクシー代も出すとか言いそうだし、第一そんなことしたら英一を傷つけそうでいやだ。だって信用してないみたいじゃないか。

結局、俺は車で送ってもらうことにした。どうせならって、重たいものいろいろ買い込んだ自分に、ちょっと呆《あき》れた。

「ありがと」

「俺がそうしたかったんだよ」

くそう、男前だな。これでまだ二十歳って信じられないよな。そりゃ社長が中途採用しちゃうわけだ。

英一は「ゆっくり休め」とだけ言って帰っていった。車からも降りなかったし、俺も寄って行けとは言わなかった。

気軽に上がっていけばって言える関係が理想だけど、それは俺の我儘だよな。

英一を見送ってから俺は家に入った。犬部屋から出てきてた二頭は、すでにスタンバイしてた。さっきからドア越しに気配は感じてたよ。

「ただいま」

二頭を撫《な》でてから、まずは食材をしまった。それから思う存分遊んでやる。

まわりの家は別荘が多くて、ここはほんとに静かだ。きっと賑《にぎ》やかなのはうちだけじゃないかな。

しばらく遊んでたら、急に二頭がなにかに反応した。誰か来たのかな。

耳を澄ましてると、ちょっとたってから車の音が聞こえてきた。ああ、恭悟さんが帰ってきたのか。思ってたより早いな。キッチンに立つヒマもないじゃん。

二頭は玄関へダッシュして、さっき俺にしたみたいに恭悟さんを出迎えた。

あれ、でも……なんか入ってきた恭悟さんが不機嫌なんだけど。二頭ともすごく顔色窺《うかが》ってるみたいな態度だし。

「おかえり」

「ああ」

恭悟さんはそれだけ言って、二頭を犬部屋に連れていってしまった。珍しい。遊んでやらないんだ。

そのまま着替えに行くかと思ったら、戻ってきて俺の隣に座った。リビングに変な緊張感が漂《ただよ》ってる。

「さっき、日比野の車とすれ違った」

「あー……」

これは下手にごまかさないほうがいいな。やましいことなんてないんだから、堂々としてるべきだろ。

「なにかいろいろ言いたそうな顔をしてたな。とりあえず俺を批難《ひなん》するような目だった」

「話したのか？」

「いや。すれ違いざまに目があっただけだ」

「それはたぶん……俺の体調のこと心配してたせいだと思うよ。スーパーで偶然あってさ、体調悪いなら送るって言われて……」

「悪いのか？」

「ただの疲労。セックスの後遺症とも言うけど」

暗に責任の一端は恭悟さんにもあるんだぞと訴えてみる。実際そうだし。けど恭悟さんは不機嫌そうなままだ。

「日比野を家に上げたのか？」

「まさか。居候《いそうろう》の身で、勝手に上げるわけないじゃん。英一は車から降りもしなかったよ」

「節度はわきまえてるというわけか」

「英一は強引に手を出すようなことはしないよ」

「それでもだ。気があるのを知ってて車に乗るなんて、脈があると思われるだけだろうが。おまえがそんなだから、やつが引かないいんじゃねぇのか？」

「英一を振り切るのは難しいんだよ」

「おまえが切りたくないだけだろ」

「当たり前じゃん！　だって親友なんだ。俺は、ずっと英一と友達でいたいんだよ」

「本気で言ってるのか？」

「そうだよ」

「惚れてるって言ってきてる相手と親友のままでいられるわけがないだろうが」

「けど、また切れちゃうのがいやなんだ。せっかく繋がったのに……あいつの手は、絶対に離したくない」

だって特別なんだ。友達はこれから何人もできるだろうし、もしかしたら親友って呼べる相手もほかにできるかもしれない。けど、英一は誰にも成り代われない存在なんだ。だって悠だったときの俺もいまの俺も知ってる友達なんて、ほかにいないんだから。

「英一は俺のこと、わかってくれる。特別なんだ」

中学のときあいつに頼り切ってた名残みたいなものもあると思う。刷り込みに近いようなものかもしれない。

恭悟さんのことがいくら好きでも、すべてを打ち明けられるわけじゃない。だって中身が入れ替わったなんて、そうそう信じてもらえることじゃないし。

「特別、ねぇ……」

鼻白んだ様子で呟いて、恭悟さんはいきなり俺を押し倒した。

「なっ……」

手首をきつくつかまれてるから痛いし、恭悟さんは帰ってきたばっかだし、場所はリビングだし、すぐ近くにエリーとモモがいるし……。

いつもだったら躊躇《ちゅうちょ》なくそのへん全部を訴えるとこだけど、いまの恭悟さんはそれを許さないなにかがあった。

怖いというよりは、ヤバいって感じ。肌がピリピリするような冷やかな怒気に、身が竦《すく》んでしまう。

「俺はやつがいないあいだの穴埋めか」

「え？」

「特別な親友が戻ってきて、おまえを自分のものにしたがってるんだ。最高の相手ってわけだな」

「そんなんじゃないっ！　英一の代わりなんて、そんな……っ」

「黙ってろ」

言葉だけじゃなくて実力行使で黙らされた。

乱暴なキスに息ごと奪われて、だんだんと身体から力が抜けていく。乱暴だけど、やっぱり恭悟さんのキスは気持ちいいんだ。

代わりになんてしてないよ。英一とキスしたいなんて思ったことない。

あいつがいなくなった寂しさから、人肌を求めたことがあるのは事実だけど、それだって夏木を英一の代わりにしたわけじゃなかった。まして恭悟さんを、誰かの代わりにしてた覚えもない。

好きなのは恭悟さんで、抱かれたいって思うのも恭悟さんだけだ。同じ目的に向かって一緒に歩いていきたいのも恭悟さんなんだ。

それを言うのは、重たすぎる気がしてできない。だって恋人でもないのに、こんな言われたら困るだろ？　恭悟さんだって、きっとやりにくい。

ぐちゃぐちゃ考えちゃうのは久しぶりだ。充留になってからは、毎日いろんなことに夢中になって、そんな暇もなかったのに。

こういうの好きじゃないんだ。考え出すと袋小路に入っちゃって、そのうちヤケクソで変なことしちゃうタチだからさ。

「っぁ……」

キスされながらあっちこっちまさぐられて、愛撫《あいぶ》に慣れちゃった身体は簡単に快感を拾ってくる。

気持ちいいことは嫌いじゃない。なにも考えられなくなる時間が、実はすごく好きだ。

いつもよりギスギスした雰囲気でのセックスでも、やっぱり感じるものは感じてしまうらしい。最近の恭悟さんはただでさえしつこいけど、今日は特に執拗《しつよう》で、気がついたら俺はアンアン言いながら悶《もだ》えまくってた。なにも考えたくなくて、あえて感じることに集中してた

ってのもあると思う。

けどさ、やっぱり恋人とセックスしたら、きっともっと気持ちいいんだろうな、とも思うんだ。

俺にそんな日が来るのかは、わからないけどね。


あれから俺たちはぎくしゃくしたままだ。

挨拶でしか言葉を交わしてないんだけど。昨日の朝なんか、起きたら恭悟さんは出勤したあとだった。もちろん犬の散歩も終わってた。

せっかくの休みだったけど、身体がつらくてほとんどベッドにいた。

恭悟さんが帰ってきたのは九時過ぎだった。遅くなるってメールをもらってたから、俺は一人で夕食を食べて、自分の部屋にいた。恭悟さんは帰ってきてすぐに俺の部屋に来て、ばつが悪そうに具合を聞いてきたけど、俺が大丈夫って言ったら、そうかって呟いてそのまま出ていった。

もう気まずいのなんの。

あの夜のセックスは、正直きつかった。身体は気持ちよかったけど、なんかね、精神的にきつかったんだ。

別にひどいこと言われたりしたわけじゃないよ。むしろ無言で何時間もやられた。痛いとされてもない。

けど、恭悟さん自身が消化し切れないいろんなマイナス感情をぶつけられ続けた、って感じがして、つらかったんだ。いつもより前戯《ぜんぎ》が丁寧じゃなかったとか、入れたあとすぐ動いたとか、終わったあと髪を撫でてくれなかったとか……そんな些細《ささい》なことがいくつも重なって、その上、全然なにも言ってくれなくて。

いままでが、よくしてもらいすぎただけかもしれない。感情的になった恭悟さんは、ベッドマナーを忘れちゃっただけかもしれない。

おまけに俺の願い……っていうかもう懇願《こんがん》に近かった「もう無理」も、全然聞いてくれないし。泣きながら言ったのに、だぞ。

おかげで二日たっても関節とか腰とか痛い。昨日よりマシだけど、それでも具合悪いのって戸塚さんに心配された。正直、立ち仕事がつらいよ。

ちなみに今朝《けさ》も、恭悟さんとは挨拶しかしてない。なにか言いたそうな顔をするわりには、飲み込んじゃう感じなんだよね。

別れ話……っていうのも変か。セフレ解消の話だったらどうしよう。

でも仕方ない。俺って別にテク持ってるわけじゃないし、よく考えたらサービスが足りないもんな。むしろ気持ちよくさせてもらってるのは俺のほうって気がする。俺のご奉仕と恭悟さんの愛撫を比較したら、圧倒的に後者のほうが時間も長いし濃いもんな。その分、恭悟さんは挿入してから取り戻すことになるわけで……何回もするのは仕方ないんだよ、たぶん。

なんかもう、いつ言われても不思議じゃない気がしてきた。

このまま同居を解消することになったとしても、通いのペットシッターだけは続けさせてくれないかな。

それでさ、将来的に部下としてあの人の役に立てたらいいなーって思ってる。もちろんセックスは抜きだよ。セフレ解消したとしても、近くにいたら弾みで……なんて流れになっちゃう可能性もあるけど、絶対ダメだ。俺の……俺たちの父親が不誠実な男だったから余計にそう思う。

たぶん恭悟さんだったら、セックスの相手ができなくなった俺でも部下として使ってくれるんじゃないかな、って期待してるんだけど。

「はぁ……」

「ほんとに大丈夫？　つらいなら、早引けしてもいいのよ？」

「いや、大丈夫です。すみません」

ほんとに、原因がセックスですみません。言えないけど、心のなかで謝り倒す。心配されたり労《いたわ》られたりするたびに、ちくちく胸が痛むんだ。

そんな状態で一日がなんとか終わって、俺は溜め息をつきながら帰ることになった。もちろん戸塚さんの前では意識して溜め息が出ないようにしてたから、一人になった途端に反動がすごい。

今日はとても走れないから、歩いて帰ることにした。自転車で来ればよかったって、いまさら思った。一応、悠が使ってた自転車は手放さずにガレージの片隅《かたすみ》に置いてあるんだよね。使ってないけど。

歩くのがいつもより遅いのがわかる。重い……これじゃ一時間たっても着かないな。買いものも無理。おととい買ったものがまだいろいろあるから、今日はそれだな。

って思ってたら、見覚えのあるコンパクトカーがこっちに向かって走ってきた。俺のシフトを把握して、帰る頃を狙《ねら》って現れてるみたいだ。

いつにも増して気持ちは複雑。だって恭悟さんと噛《か》みあわなくなったのって、英一がきっかけだからさ。や、英一がいなくても、自然とこうなってたのかもしれないけど。ほら、俺が飽きられたりとかいろいろで。

「珍しいな。今日は歩きか」

「ああ……うん。たまにはね」

ごまかして別れようとしたのに、英一はじっと観察するみたいに俺を見てくる。ヤバい、絶対気付かれる。

「具合が悪いのか？」

「たまには歩きたいことだってあるよ」

「足取りが重かったな」

見てたのかよ。っていうか、向かい側から走ってきたのに気付くって、どれだけ観察眼がすごいんだ。それとも、わかりやすいほど変だったのか？

どうしよう。うーん……。

「充留……！」

くわっ、と英一の目が開いた。実際はそうじゃないんだけど、そんな感じに一瞬で目つきが鋭くなったんだ。

これってあのときと似てる。英一が、俺の首にキスマークを見つけたときみたいな……。

「それ、どういう痕なんだ？　説明してくれ」

「痕……あ……」

英一の視線を追ったら、自分の手首だった。そこには、くっきりとつかまれた痕が残ってた。ちょっと紫色だ。

そうなんだよ、恭悟さんにつかまれてたとこ、こんなになっちゃったんだよ。もともと俺が鬱血《うっけつ》しやすい体質ってのもあるだろうけど、恭悟さんの力もハンパなかったからな。いまもちょっとだけ痛い。

それにしても英一の顔が怖いよ。

「乗れ。話を聞く」

「いや、でも」

「おまえが話したくないって言うなら、あっちに聞く」

あっちって恭悟さんのことだ。それはヤバい！　そんなことしたら、ますます空気が悪くなるって！

仕方ない。こんな道の真ん中じゃ迷惑だし、カフェとかそこらの店でできる話でもない。せめて人のいないとこに移動してもらおう。

おとといと同じように隣に乗って、少し移動してもらった。家の方向だけど、近すぎない場所だ。交通量が少ないのをいいことに、路肩に止めて車のなかで話すことにした。

「まさかとは思うが……DVじゃないな？」

「違うよ」

「じゃあなんだ？　おまえの様子を見る限りじゃ、あの人なんだろ？」

「そうだけど……うん、これはちょっとつかまれただけっていうか……」

「ちょっとじゃないだろ」

「あー、うん、痕だけ見るとひどいけど……」

「よくあることなのか？」

「いや、初めて。ほんとに、ちょっと感情的になっちゃっただけだから」

これは恭悟さんの名誉《めいよ》のために、はっきりと言っておかないと。暴力を振るうなんて誤解はされたくない。

英一は「初めて」って部分で気付くことがあったらしい。

「まさか俺が送ったのか原因か？」

「違うって」

「嘘だな」

言い切られちゃったよ。嘘は下手じゃないはずなんだけどなぁ。やっぱり俺、少し弱ってんのかな。英一のまっすぐな目を、まともに見つめ返すこともできないや。これじゃ嘘だって白状してるようなもんだよね。

また溜め息が出ちゃった。

「悪かった」

「え？」

「ケンカの原因を作ったのは俺だろ？」

「でもケンカはしてないよ。ちょっと気まずいだけで……」

「意外と嫉妬《しっと》深いんだな」

「そういうんじゃないと思うけど」

「どうして？　恋人のまわりをうろつく男が原因なら嫉妬だろ？」

普通はそうなんだろうけど、俺たちの場合は前提が違うんだよな。それをどう言えばいいのか……英一は納得してない顔で、じっと俺の言葉を待ってる。

考えてると、英一がふうと溜め息をついた。

「正直、どう立ちまわったらいいものか悩んでる」

「どういう意味？」

「おまえがあの人と別れてくれるのは願ったりだ。でも俺の存在や行動が原因で、おまえの幸せが壊れるのは嬉しくない」

幸せか……うーん、それを言われるとすごく考えちゃうよな。俺の幸せってやつは、セフレの状態じゃ無理だと思うし。

英一が気にする必要はないんだよ、本当は。だって俺と恭悟さんは恋人同士じゃない。

いっそ本当のことを言っちゃおうか。英一をだまし続けるのって、こいつの真剣な気持ちに対して失礼だし。本当のことを打ち明けて、その上でちゃんと断るべきだよな。

「その……実はさ、俺と恭悟さんって、恋人じゃないんだ」

「は？」

「利害が一致したから、一緒にいるってだけ。ペットシッター兼セフレ……みたいな感じ。

あのとき、おまえに諦めてもらおうと思って、とっさに恋人の振りしちゃって……今日まで騙《だま》してごめん」

言いながら頭を下げた。

しばらく英一は無言だったから、俺は顔を上げられなかった。ずっと自分の手元を見つめてた。

ふぅ、と小さく息が聞こえたのは、たっぷり一分くらいたってからだった。

「……本物の恋人同士に見えてたんだけどな……」

「セックスしてるからだよ、たぶん」

二人のあいだに漂う空気が、身体を知ってる者同士だと、ちょっと違うんじゃないかな。あ、でも俺と夏木のあいだには、そういうの全然なかったっけ。むしろ余計に殺伐《さつばつ》としちゃったような……。

「あの話も、てっきりおまえのために断ってるんだと思ってたよ」

「噂?」

「恭悟主任の縁談話だ。知ってるだろ?」

「そんなの、しょっちゅうじゃん」

俺が水里に来てからでも、三件もあったよ。話だけで、実際に会ったこともないみたいだけどね。恭悟さんはそういう話を、俺に隠さず言うからさ。まただよ、って感じで、半分愚《ぐ》痴《ち》みたいなものだと思うけど。

ああでも今回は聞いてなかった。まともな会話がないから当然か。

「簡単に断れない筋からの話らしくて、連日主任と社長が揉めてるって話が聞こえてくる。会うだけは会え、断る……の応酬《おうしゅう》だとか」

もしかしてそれもあって機嫌が悪かったのかもしれないな。

それにしても、縁談か……。断れない筋っていうと、地元の議員さんとか、そのあたりなのかな。

「そっか。断れない話ね……」

「充留……」

「もともとさ、恭悟さんに好きな人ができたり、結婚の話が出たら、終わりだなって思ってたんだよね」

「でもおまえはあの人のこと好きなんだろ?」

「……うん」

「不毛だな」

「自分でもそう思う」

英一は別れろなんて言わなかったけど、間違いなくそう思ってる。不毛の一言にいろんな感情が含まれてた。

俺もさ、それがいいかなって思い始めてる。もともと長くは続かないだろうって思ってたし、幕引きは恭悟さんのタイミングとか都合に任せようと思ってた。でも自分からってのも悪くないよな。

覚悟してたつもりでも、やっぱり動揺するなぁ。恭悟さん自身はまだ当分結婚する気なさそうだけど、お兄さんも結婚は早かったっていうし、きっと社長……お父さんが乗り気なんだろうな。

「ちょっと早いけど……終わりにするよ」

「いいのか？　いや、俺としてはそのほうがいいと思うが……」

「うん。だってほら、やっぱ不毛だからさ。深く考えないようにしてたけど、家賃も払わないで、セックスの相手してるのって、まるで代償行為みたいじゃん。犬の世話って名目はあるけど、俺と同じくらい恭悟さんも世話してるわけだし……」

代償行為っていうか、囲われてる状態？　下手すると身体売ってるってことになっちゃわないか？　やっぱ深く考えるんじゃなかった。

「ごめんな、こんな話して」

俺のこと好きだって言ってくれてる相手に、ほかの男とのセックスだのなんだのって話をするのは無神経だったよな。ほんと、俺ってどこまで英一に甘えてるんだろ。

あ、でもこれだけは言っておかないと。

「だからって、英一の恋人になるのは無理だと思う」

「いまは、だろ？　たとえば五年後は？　絶対ない、とは言えないだろ？」

「やめとけって」

おまえなら、もっといい相手がいくらでもいるだろ……ってのは、思うだけに止めておいた。これもきっと、真剣な英一には失礼だよな。

これから俺たちの関係がどうなっていくのかはわからないけど、とりあえず現状はぶち破ろうとは思った。


英一とあの場所で別れて、約二時間。

キッチンに立って、コトコト煮込まれてるシチューを見つめながら、しみじみと恭悟さんのことが好きだなぁって思った。

このシチュー、前に作ったとき、恭悟さんがかなり気に入ってくれたんだ。手放しに褒めてくれるわけじゃないけど、恭悟さんはちゃんと「美味《うま》いな」とか「好きな味だ」とか、なにか言ってくれる。

嬉しいよね。俺は作ったものを褒めてもらえるのがこんなに嬉しいことだって知らなかったんだ。だって作ったことなかったからさ。

「優しいんだよなぁ……」

口調や態度は偉そうだけど、恭悟さんはすごく優しい。変なとこ抜けてたりするのも、ちょっと可愛い。ワイルドっぽいのに、育ちがいいせいかどこか品があって、姿勢とかマナーとかいろいろきれいなとこも格好いい。

好きなところはたくさんあって、ちょっとこれはないなってとこは少ない。

恋は初めてじゃないけど、寂しさを埋めるだけじゃない想いっていうのは初めてなんだ。その人を自分のものにしたいとか、自分だけ見てて欲しいとか、一緒にいられるだけで嬉しいとか。そういうのも初めてだった。

一緒に暮らして、一緒にご飯食べて、毎日一緒に犬の散歩してさ。いろんな話をして、同じベッドで眠って……。

朝起きて一番最初に顔見るのは恭悟さんで、言葉を交わすのも恭悟さん。もちろん一日の最後も、大抵恭悟さんで締めくくられる。たまにエリーとモモってこともあったけど。

ほんと、理想的な生活だったよ。俺が憧《あこが》れてた暮らしだった。大好きな人がいて、犬がいてさ。

楽しかったなぁ。これがもう終わっちゃうんだって思うと、キリキリッて胸の奥が痛くなってくる。

ヤバい、泣きそう。本当は終わりにしたくない。けど、あとになればなるだけ、痛みも増すと思うんだ。

だからきっと早いほうがいい。今日を逃したら、またずるずると続けちゃいそうな気がする。だって恭悟さんのそばは居心地がよすぎるからね。

思い立ったが吉日、って言うじゃん。だから、俺は今日のうちに、自分からセフレ解消を申し出ることにした。勢いって大事だよね。

ご飯のあとがいいよな。せっかくのシチューがまずくなるといやだし。さすがに恭悟さんだって、気まずいと思うんだ。

「うん、完璧《かんぺき》」

味見したら、納得の味だった。とりあえず火を消した。

今日も美味いって言ってくれたらいいな。

ぽろっ、と、手の上に水滴《すいてき》が落ちてびっくりした。それが自分の涙だって気付くのに、何秒もかかってしまった。

「え……え？　嘘……」

今度はぱたぱたっと涙がこぼれ落ちた。

なんで泣いてんの俺。別に泣くほどのことじゃないじゃん。そりゃさっきはうるっときたし、泣きそうだって自分でも思ったけど、こんなに次から次へと涙が出てくるほど感情高ぶってなかったはずだよ？

止まれ、止まれ。情けないぞ俺！

「うう……」

嗚咽《おえつ》まで漏れてきた。ヤバい、感情が涙に引きずられてる。なんかもう無性に泣きたくなってきた。

俺はその場にしゃがみ込んで、膝《ひざ》に顔を押しつけた。

声は出さないよ。子供みたいにわんわん泣くなんて真似《まね》はさすがにできない。そんなことしたら収拾が付かなくなる。いや、いっそすっきりするのかな。

そのとき「くうん」って声がして、はっと顔を上げた。いつの間にかモモとエリーが来てて、心配そうに俺を見てた。二頭はためらいがちにさらに近付いてきて、鼻面を押しつけたり、手をぺろっと舐めたりする。

「……慰《なぐさ》めてくれてんの？」

ほんとにいい子たちだな。おかげで少しだけ笑えた。

その二頭は俺を気にしながらも、ちらっと外のほうに意識をやってる。俺がそれに気付いた途端に、ばーんと玄関が開いた。

「おい……！」

あ、帰ってきた。俺の予想より少し早い。

恭悟さんは、勢いよく家に飛び込んでくると、俺の名前を呼んだ。俺はキッチンのところに座り込んでるから恭悟さんからは見えないんだ。

陰に隠れながらごしごし目のあたりを拭《ふ》いてると、恭悟さんがまっすぐ近付いてきた。あ、そうか。エリーは見えてるみたいだし、視線の方向で俺がいるのわかったのか。

「おまえ、あれはなんだ？」

なんかずいぶん慌ててる、っていうか、動揺してる。どうしたんだろ。ここ何日かのぎくしゃくした雰囲気が吹き飛ぶくらいのことなんだろうか。

身がまえて待ってると、急いで俺の前に来た恭悟さんが、顔を見てぴたっと止まった。次の瞬間、ものすごい勢いで肩をつかまれた。

「どうしたっ？」

今度は血相を変えてる。俺はしゃがみ込んだままだし、顔には泣いた痕跡《こんせき》がはっきりあるわけだから、この反応も仕方ないのかもしれない。

「……なんでもない」

「なんでもないわけあるか……！　なにがあった？　どこか痛いとか苦しいとかいうわけじゃないな？」

「違うよ」

小さくかぶりを振ったら、恭悟さんはわりとあからさまにほっとした。けどすぐにまた険しい顔になった。

「じゃあなんで泣いてた。日比野になにか言われたのか？　それとも篠塚悠か？　連れの陰険そうな男か？」

「全部違う」

なにか言われたわけじゃないけど、原因はあんただよ。なんて軽く言えたらよかったんだけど無理だった。

「それより、さっきの……あれはなんだって、なんのこと？」

「あ？　ああ……」

思い出したのか、恭悟さんはまじまじと……穴が空くんじゃないかと思うほど俺の顔を凝視《ぎょうし》した。

「な……なに……」

「やっぱり、そっくりじゃねぇか」

低くて小さい呟きに、思わずぎくりとした。俺の顔見て「そっくり」って発言が出たなら、それは当然、悠のことだろう。

「今日、営業所で篠塚悠に会った」

「ああ……」

悠は行かないみたいなこと夏木は言ってたけど、結局行ったのか。悠が行きたいって言ったのかもね。

「おまえとやたら似てるのは、なぜだ？　親戚《しんせき》かなにかか？」

カラコンやカツラじゃごまかせなかったか。まぁでも仕方ない。もともと夏木だってそこまで本気じゃなかっただろうし。あいつがもし本当に変装させるつもりなら、特殊メイクくらい繰り出しそうだもんな。

俺はちょっとだけ頷いた。親戚かなにか……って聞かれたんだから、ここで肯定したって嘘にはならない。なにか、の部分は兄弟ってことで。

「そんなとこ。あのさ、俺もちょっといいかな。話があるんだけど」

あんまり長くなると俺の話が切り出しにくくなるから、強引に似てる云々《うんぬん》の話はぶった切った。

「話？」

「うん」

相変わらず二頭は俺たちのすぐ近くに座って、ことの成り行きを見守っている。それに勇気をもらって、思い切って言った。

「あのさ、俺の居候の件なんだけど……やっぱり近いうちにまた部屋借りて、ここを出ようかと思うんだ」

すうっと恭悟さんから表情が消える。声も低くなって、正直かなり怖い。けど怒ってるわけじゃなくて、それだけ真剣ってことだ。

飲まれないように気をつけながら、俺は続きを言った。

「それで、できればそのあともエリーの世話とか、続けたいんだけど……だめかな？　もちろんモモは連れてけるようなとこ借りるつもりだけど」

「理由は」

「え……いや、だって……やっぱり、よくないかなと思ってさ……不毛っていうか……」

「男同士がってことか？　だったら俺と別れて日比野にところへ行くってことじゃないんだな？」

「は？　え……？」

ああ、そういう受け取り方もできるのか。そうだよな。口説かれてることは知ってるわけだし。

きょとんとしてたのを見て、恭悟さんは小さく溜め息をついた。

「同居を解消する理由を言え」

「ペットシッターだけなら、通いでもできるじゃん。それともセックスなしだと、ペットシッターの話も無効？」

「セックスレスが希望なのか？」

その言葉って、夫婦とか恋人同士で使う言葉じゃないのか？　セックスレスのセフレなんて、ただの知りあいだから。友達かも微妙だよ。まして俺と恭悟さんじゃ、友達は無理だと思う。

「おまえがどうしてもって言うなら、セックスなしでもいい。同居を解消する理由がほかにないなら、このまま一緒に住んでいればいい」

「でも、そのうち終わりが来るなら、早めのほうがいいかなって」

「やっぱり別れるつもりか。だから泣いてたのか？　泣くってことは、俺に気持ちがあるってことだろ？」

また恭悟さんの表情が険しくなってる。でも今度は焦りが強い感じで、口調も心なしか速いような気がした。

気持ち……うん、あるよ。ありまくり。俺の気持ちはバレちゃったみたいだけど、これはもうしょうがないよな。

それに言葉のチョイスが変だったよ。

「別れるっていうか……えーと、だから解消……あの、セフレのほうだけ」

「はっ？」

素《す》っ頓狂《とんきょう》な声が聞こえた。とても恭悟さんの口から出たとは思えない声だった。

次の言葉はなくて、ただじっと俺のことを見つめるだけだ。なんか信じられないものを見るような目をされてるんだけど……。

どのくらいそのままだったかな。俺が困って目が泳ぎ出した頃になって、恭悟さんはものすごく大きい溜め息をついた。深ーいやつ。

「えーと……？」

「そういう認識か……」

「なにが？」

「そうか、なるほどな……だからか……」

下を向いてブツブツ言ってて、ちょっと怖い。さっきまでとは全然違う意味で怖くなってきた。どうしたんだ？

と思ったら、いきなり顔を上げて、同時に俺の肩を……肩よりちょい下あたりを両手でガッとつかんできた。

「ふざけるな、誰がセフレだ！」

「ご、ごめ……」

だよな、うんそうだよね。セフレってもっと対等な関係だよね。割り切ってお互いに楽しむっていう。俺の場合、あれだ。前に流行《はや》った援交に近いのか。愛人ってほどアダルトじゃない気がするし。

「一人で勝手に恋人気分だった俺はバカみたいじゃねぇか。いや、バカだな完全に」

恭悟さんの苦い顔を、俺は茫然と見つめた。

この世で一番苦いものを噛んじゃったみたいな顔だけど、やっぱりなにしててもこの人は格好いい。いや、そうじゃなくて。ええと、恋人気分？　恋人？

「え……ええっ……！　俺、恋人だったのか？」

「バカはおまえもだ。なにをどうしたらセフレなんて思い込みになるんだ」

「だ、だって好きって言われてないしっ」

そうだよ、いろいろあるけど一番の理由はそこ！

言ったら恭悟さんはピタッと止まった。いまさら気がついた、って感じの顔だった。そうしてまた長い溜め息をついた。

「確かに……言ってないな」

「……うん。だから、違うかなって……」

「いや、それでもなんとなくわかるだろうが、雰囲気とか空気とか、俺からの扱いとか、どこからどう見ても恋人に対するやつだったはずだ」

「そんなの比較対象がないからわかんないよ。誰にでもああなのかと思うじゃん。ベッドマナーみたいなのとかで」

「セフレとデートはしねぇ」

「デート？」

「メシ食いにいったり、休みの日にドライブしたり」

「……勉強のためだと思ってた」

経験値と後学のため、みたいなね。だってほら、恭悟さんだって将来的に直営のカフェとかレストランやりたいって目論見《もくろみ》があるわけだし。

って言ったらまた溜め息をつかれた。

「最初にしたときだって、いかにも興味本位って感じだったし……」

「確かに最初は興味本位というか……いや、違うな。男のおまえに手を出してみようと思った時点で、もう本気だったんだろうな。同居を持ちかけたときはともかく」

「でも、彼氏ですって態度もなかったじゃん。あ……でも英一が来てから……」

「そうだな。やつが現れるまでは機会がなかっただけだ」

な、なるほど……言われてみれば、なかったかもしれない。英一に対する態度も、あいつ自身が気に入らなかったわけじゃなくて嫉妬だったのか？　あ……なんかいま、ものすごく納得した。

「じゃあ俺のすることにまったく干渉しなかったのは？　あれは無関心じゃなかったのか？」

「水里に親しいやつなんかいねぇって知ってるからな」

「俺がお客さんに誘われてるのを見ても鼻で笑ってたじゃん」

「無駄なことしてるな、って笑ったことはあったかもな」

えええー、そうなの？　あれって俺じゃなくて、お客さんに対してだったのか。それもどうかと思うけど。

なるほど……って思っていると、チッと舌打ちされてしまった。

「俺とのセックスはどう思ってたんだよ。あれだけ前戯も後戯もがっつりやって、やったあとのフォローからなにからしてるのが恋人じゃなくてなんだってんだ」

「恭悟さん的なマナーかと……」

「愛に決まってるだろうが！　むしろ溺愛だ」

確かに俺、自分で後始末ってほとんどしたことない。後始末って、なかに出されたやつの処理ね。夏木のときはいつもゴムつけてたから必要なかったし……。意識あるときもないときも、ほぼ必ず恭悟さんがやってくれるんだよな。抱きしめて眠ったり、俺が眠るまで髪とか撫でたりしてくれるし……。そうか、あれって恋人だからしてくれてたのか。

「……なんで最初に好きって言ってくれなかったんだ？」

「苦手なんだよ。それに、言葉にしなくても、雰囲気とかで伝わるもんだと思ってたしな」

「それは人によるんじゃないの？」

「確かにな」

もっと駆け引きとか恋愛に慣れてるならともかく、俺は片思いしかしたことがない。ようするに経験不足なんだ。

でも、そうか。俺って恭悟さんの恋人だったんだ。このまま一緒にいてもいいんだ？

「あ……あれ、でも確か縁談で揉めてるって……」

「聞いたのか」

二度目の舌打ち。顔には面倒くさいって書いてあった。

「大丈夫なのか？」

「片は付けてきた。男の社員に手を出して強引に同居させてるってカミングアウトされたくなかったら、今後一切縁談は持ってくるなって言ってきたからな」

「なに言ってんの！」

父親にそんなとんでもないこと……事実だけど、言っちゃって大丈夫なのか？　父親でもあるけど社長でもあるんだよっ？

さーっと顔色をなくした俺の唇《くちびる》に、恭悟さんは軽くキスをした。

「あの人はそっち方面では結構リベラルだから問題ない。むしろおまえに親がいないことに安心してたぞ」

息子が社員……つまり俺をキズモノにしちゃったと知って、真っ先に浮かんだのが「親に顔向けできない」だったらしく、すぐ天涯孤独《てんがいこどく》だって気付いてほっとしたらしい。こだわるところはそこなのか。不思議な人だな。

「親と言えば、さっきの話だ。おまえと篠塚悠との関係を、ちゃんと話せ。親戚ってより双子レベルに似てたぞ。むしろ……あれ、昔のおまえだろ」

「え……」

「視線の落とし方とか、俺の前でおどおどする感じが、夏前までのおまえと被るんだが……おまえら、ひょっとして入れ替わってないか？」

驚いた。まさか恭悟さんの口からそんな言葉が出てくるなんて思ってもいなかったよ。声もなく見つめてると、確信したみたいに恭悟さんは頷いた。う、待って、なに？　なにを確信したの？

「そういや、おまえ急に絵を辞めたしな。自分改革だとかなんだとか言い出して……正直、人格が変わった。で、篠塚は水里の絵を描いてる……と」

「う……」

「いまの篠塚悠が、七月まで〈はしまや〉にいた充留なんだな？　で、おまえの正体は、篠塚悠。違うか？」

うーん、ちょっと違う。でもそう思うのが普通だよな。まさか身体はそのままで精神だけ入れ替わるなんて想像もしないだろうし。単純に居場所と名前を変えたって思うのが自然な流れだろう。

俺は曖昧《あいまい》に頷いておいた。

「一応、本来の名前と場所に戻ったんだけどね。俺の名前は、ちゃんと山崎充留だよ」

「問題ないのか、それは」

「ないよ。悠はあっちですごく上手くいってるんだ。俺は馴染めなかった家族とも仲よくやってるみたいだし、夏木……恭悟さんも会ったと思うけど、一緒にいた男ともいい感じだったろ？」

「そうだな。独占欲の強そうな男だったが……俺並に」

それはどうか知らないけど、悠は溺愛されてるって言っても過言ではないと思う。夏木はSだから、愛情たっぷりに泣かされてそうな気はするけど。

恭悟さんはまたじっと俺を見つめた。その目に奥に、ほんの少し剣呑な光が見えた気がした。

「あの男か」

「え？」

「おまえが好きだったたっていうのは、あの男だろ。アパートの住人ってのは嘘だな？」

「な……なん、で……」

なにか感じるところがあったのか、ただの当てずっぽうなのか。ひょっとすると、夏木がいらないことを言ったのかもしれない。

どっちみち、もうごまかしようがないな。

「む……昔のことだよ。別にもうなんとも思ってない。それより一応説明しとくけど、俺と悠は双子だから。事情は今度ゆっくり説明する」

「わかった。夏木とかいう男のことも含めて、きっちり説明してもらおうか」

とりあえずいまは聞かないでいてくれるらしかった。

ここまで来て、なんだか一気に力が抜けた。相変わらず恭悟さんとは向かいあって、腕の上のほうを両方つかまれたままだけど、俺が力を抜くのにあわせて恭悟さんは手を背中にまわして抱き寄せてくれた。

ああ、やっぱりこの腕のなかが好きだ。楽に息ができる。

「でもよくわかったね。悠が……前にこっちにいたやつだって」

「おまえが変わったことだって、一目でわかったぞ。さすがに別人とまでは思わなかったけどな。同じ顔したやつがもう一人いるって知れば、入れ替わりを疑うくらいには性格の変わりようはすごかった」

「あはは」

演技するのは早々に諦めたからなぁ。きっと俺が思ってたよりも、俺の変化に戸惑った人は多かったんじゃないだろうか。

腕のなかから顔を上げて、恭悟さんをじっと見つめた。

「……悠に会ってどうだった？」

まだちょっとだけ気がかりなことを思い切って聞いてみることにした。絵を見て、作者である悠に興味持ってたからね、恭悟さん。

けど恭悟さんはあっさりと言った。

「相変わらずイラッとくるタイプだな。目はあわせねぇわ、一言もしゃべらねぇわ」

「え、そうなの……？」

「俺が好きなのはおまえなんだよ。俺は共闘していける相手がいいんだ」

その言葉に俺は思わず泣きそうになった。嬉しくて、震えてしまった。ぶわって全身の毛穴が広がるような感じ、って言ったら近いかな。

俺と悠をちゃんと区別してくれてたことが嬉しい。二人とも知った上で、俺がいいって言ってくれたことが嬉しい。

そうか、好きな人が好きって言ってくれるのって、こんなに嬉しくて、幸せなことなんだ。

ああ、そういえば、俺だって好きって言ってなかった。やっぱりちゃんと好きって言いたいな。だって俺、告白すんの初めてだ。

「恭悟さん」

「うん？」

俺ちょっとだけ感極まっちゃってるかもしれない。ドキドキして、口のなか乾くくらい緊張してる。

けど、言わなきゃ。

「好き……恭悟さん、大好……」

最後まで言わないうちに、ぎゅうっと抱きしめられた。

「たまんねぇ」

掠《かす》れた声が耳元でして、そのあとすぐ横向きに抱き上げられてしまった。ようするにまたあれだ、お姫さま抱っこ。いや、もう慣れたよ。だってこれ、しょっちゅうだもん。特に、シタあとはね。必ずこれで風呂場まで運ばれるから。

しっかりした足取りで二階のベッドルーム……もちろん恭悟さんのほうに運ばれて、部屋に入ったところでキスされた。

ベッドまで待てないみたいだ。

いきなり入ってきた舌先に、ためらうことなく俺も舌を絡ませていく。先っちょを吸われて、じんっと腰のあたりが痺《しび》れた。

気持ちよくて、うっとりした気分になれるからキスは好き。たぶん最初の頃に比べたら、少しは上手くなったと思うよ。

キスしながらそっとベッドに下ろされて、脱がされるのと同時に俺も恭悟さんのネクタイを外す。手つきは相変わらずたどたどしいんだけど、それがいいんだって恭悟さんは言う。変なの。

ネクタイ外して、ジャケットを脱がして、シャツのボタンを全開にした頃には、俺の服はもう全部、靴下まで脱がされてた。相変わらずの早業《はやわざ》だ。

ようやく唇が離れていって、胸にちゅうっと吸い付かれた。

「ぁんっ」

ヤバい、信じられないくらい感じる。普段から俺は敏感だって言われるし、実際そうなんだろうなって思うけど、今日は輪をかけて感覚が鋭い気がする。

だって舌先でチロチロッて舐められるだけで、大げさなくらい身体が跳ねる。

すぐに恭悟さんも気付いたみたいだった。

「ノリノリだな」

「だ……だってさ……」

仕方ないじゃん。だって、恋人に抱かれるんだよ？　いままでもそうだったらしいけど、俺にとっては初めて、好きだって言ってくれる大好きな人に抱かれるんだ。

「恭悟さんが、俺のだって思ったら……」

「可愛いやつだな」

くすりと笑って、恭悟さんはまた俺の乳首を強く吸った。

「あぁ、っ……」

ほんとに今日はヤバいかもしれない。この段階でこれって、俺どうなっちゃうんだろう。気持ちよすぎて死んじゃうかもしれない。

舌先が転がされて、甘ったるい声が止らなくなる。

恭悟さんは胸をいじりながら、もう俺の後ろに指を這《は》わせてきた。ローション使って何度か撫でられただけでも腰が勝手に揺れちゃう。身体はちょっと暴走気味だ。恭悟さんの指も、いつもよりずっと早く入ってきた。

「やっ、ぁ……ん、あん……っ」

何度も何度も受け入れてきた長い指が俺のなかで蠢《うごめ》く。

気持ちいい。軽く抜き差しされると、そこから甘い痺れみたいなものが走り抜けていって、小さく震えてしまう。

指を何度か前後に動かしたあと、恭悟さんはもう一本指を添えてきた。

なんか今日って一番最初のときよりも余裕がない感じがする。恭悟さんも俺と同じで、早く繋がりたいって思ってるのかな。そうだといい。

おぼつかない手つきで恭悟さんのシャツを脱がした頃には、俺はすっかり息が上がってた。

後ろで指を動かされるたびに、ぐちゅぐちゅっていやらしい音がして、俺の腰が揺れる。意識なんかしてない。擦《こす》られると、たまんなくなって自分からすり寄っていっちゃうんだ。

エッチな身体にされちゃったなって思うよ。引かれてないかって心配になって顔を見たら、目があって極甘な顔をされた。なに、もしかして俺の顔見てたの？

「見んな……」

「見せろよ。全部俺のだろ。気持ちよさそうな顔も声も、全部隠すな」

ううう、恥ずかしい……けど、そんなこと考えてられるのもきっといまのうちだ。どうせわけわかんなくなるほど感じて、恭悟さんの希望通りになるに決まってる。

後ろだけでいけちゃう身体になったのは結構早い段階だった気がする。後ろでいくのって、前でいくのより深い感じがするし、余韻《よいん》も続くし、かなりすごいんだよね。意識が飛びそうになるし、実際何度も飛んだし。

「気持ちよさそうだな」

「う、んっ……気持ち、い……あ、あっ……」

頭がぼやーっとしてくる。自分でもわかってるんだよね、快楽に弱いって。恭悟さんに抱かれると、いつもわけわかんなくなって、身体も心もドロドロに溶けちゃうんだ。

俺はそれからさんざん後ろをいじられて喘がされて、それでも普段よりは早めに足を抱え上げられた。

「あ……あぁ……」

ゆっくり入ってくる恭悟さんに、全身が喜びで震えた。

気持ちいいのと嬉しいのとで、もうどうにかなっちゃいそうだった。

俺のなかが恭悟さんでいっぱいになる、この感じが好きでたまらないんだ。気持ちいいのもあるけど、繋がってるっていう感じがすごく好き。

ちょっと苦しいけど、痛くてつらいってこともない。身体はもうすっかり恭悟さんを覚えちゃってる。一番最初のときに、塗り替えてやるみたいなこと言われたけど、本当にそうな

ったよ。

背中に手をまわして、ぎゅっと抱き寄せる。

そしたら耳元で、恭悟さんが「愛してる」って、苦手なはずの言葉をくれた。それだけで俺はいっちゃいそうになった。

反則だろ。めちゃくちゃいい声で、耳元で、そんなこと言うんだもんな。たぶん潤んでるだろう目で、ずるいって感じを込めて見上げてみたら、なかで恭悟さんがさらにデカくなったのがわかった。

なにそれ。いまの反応するとこだったか？

「おまえ、その上目遣《うわめづか》いはヤバいだろ。くっそ……犯しまくってやる」

「やっ、ぁあ……っ！」

いきなり動き始めた恭悟さんに、俺は悲鳴を上げた。いや、気持ちがよくて、だよ。

それからはもうお互いに理性が焼き切れちゃって、部屋のなかには俺のよがり声と息遣いと、二人の身体が作る音しかなくなった。


目が覚めたらそこは風呂場だった。

立て続けに二回されて、あっさり飛んじゃったらしい。だって二回ともかなり激しかったんだよ。

バスルームには暖房も入ってるから、バスタブの外でも寒いってことはない。外は結構冷えてるはずだけどね。

俺は恭悟さんの膝に乗せられて、なかに指を入れられてる状態だ。

いつものアフターケア。それだけじゃすまくなることも多いけどね。

「あっ、ぁ……っん……」

ぐちゅぐちゅ、って音がやたらと響く。バスルームの反響って、いろいろと恥ずかしい。

俺の声だってそうだ。

「そのエロい顔がたまらねぇんだよ」

どんな顔だよ、知らないよ。それより指の動きがおかしいよ？　それ、掻き出すための動きじゃないだろ絶対。予想通りになってる。

喘いで悶えながらもそんなことを考えてたら、いきなり顎《あご》をつかまれて、ぐっと斜め後ろを向かされた。

「見ろよ」

「え……やっ、ぁあん……」

言われて目を開けたら、鏡に映る自分の顔というか姿が飛び込んできた。

とろっと溶けた目には確かにいやらしいかもしれない。けど、それよりも抱っこされたまま後ろに指を突っ込まれてるのが恥ずかしくてしょうがなかった。

さすがに見ていられなくてすぐ目を閉じたけど、それについて恭悟さんはなにも言わなかった。

この人、Sっ気はそんなにないんだよな。精神的に責めるようなことって、ほとんどしない。ねちっこくて、やたらと体力があるから始めると長くて、すぐ欲情スイッチが入るけど、それは本能的なものっていうか、俺を泣かせようとかそういう意図があるわけじゃない。自分の欲望に忠実なだけっていうのも、どうかと思うけどね。

「ずいぶん余裕だな」

「そ……んなっ、こと……な……あぁっ」

指の動きに全身がびくびくっと震えた。いつの間にか三本になってて、かなり強く突き上げてきてる。

このままだと指だけでいかされる。それも悪くないけど……。

「やっ、だめ……いっちゃ、う……って！」

「いいぞ」

「やだ……っ、恭悟さん……の……欲し……っ……」

手を伸ばして、欲しいものに触れた。だって恭悟さんだってその気になってる。俺がどうこうする必要もないくらい準備ＯＫだった。

「煽《あお》るのが上手いな」

そんなはずないだろ。恭悟さんくらいだよ、こんなので喜んでくれるの。

片方の脚が持ち上げられて、とろとろになったとこに求めてたものがあてがわれる。期待のせいか、俺のそこがひくんってなった。

少し自分で腰を上げる感じになってたから、恭悟さんが俺の腰に手を添えて下ろしてくのにあわせて、自分でも落としてく。まるで飲み込んでいくみたいな感じがして、ぞくぞくっと背筋が痺れた。

「あ、あ……ん……っ」

しっかり入ると、両方の脚を抱えられて、身体ごと軽々と揺さぶられた。俺は女の子みたいに軽くないはずなのに、恭悟さんはなんでもないような顔してる。

同時に突き上げられて俺はのけぞった。

こうやってバスルームでやられるのはいつものことだ。一緒に風呂に入って、なにもしないで出たことないもんな。

喉《のど》に噛みつくようにキスされて、被虐《ひぎゃく》的な気分になった。このまま食われちゃってもいいなっていう、ちょっと危ない発想。

「あんっ、それ……気持ち、い……」

ぐちゅぐちゅってなかを掻きまわされるのが、たまんなく気持ちいい。溶けるっていう感覚が一番ぴったり嵌《は》まる。

「そんな顔、もう誰にも見せるなよ」

「あ……たり、まえ……」

俺だってもうほかの誰ともセックスする気ないよ。恭悟さんだけだ。そう思いながらぎゅうっとしがみついたら、恭悟さんはふっと耳元で笑った。

「ぁうっ」

それから俺を抱えたまま立ち上がって、ゆっくりとバスタブに身を沈めた。そのあいだ俺はしっかり恭悟さんにしがみついてた。

ちょっと温《ぬる》めのお湯にほっとさせられる。けど、わずかな時間だった。

斜めになったバスタブの側面に背中を押しつけられたかと思ったら、下からガンガン突き上げられた。

おまけになかの弱いとこ……いわゆる前立腺《ぜんりつせん》ってとこをごりごり突かれて、頭のなかはもう真っ白だ。

「いやぁっ……そこ、っやぁ……ひっ、ぁ……あうっ……」

無意識に腰を捩《よじ》りたてようとするけど、強い力で押さえ込まれてかなわない。俺はのたうちながら悲鳴を上げるしかなかった。

気持ちいいっていうか、もうおかしくなりそう。

ごめん、さっきの訂正。やっぱSっ気があるのかもしれない。

容赦《ようしゃ》なく抉《えぐ》られて、ぶわっと弾《はじ》けた快感が、足先から脳天まで突き抜けていった。真っ白、っていうか閃光《せんこう》が弾けたみたいだった。

なにこれ、初めての感覚だよ。絶頂なんだってことはわかったけど、いままでのとはちょっと違った。だってまだ続いてる。さっきのやつの少し弱いのが、次から次へと波みたいに押し寄せてくる感じだ。

身体が痙攣《けいれん》して止まらない。腰とか内腿《うちもも》とかが、ずっとびくびくしてるよ。

どうしよう、これ。壮絶に気持ちいい。脳まで溶けちゃうんじゃないの。

「ひぁっ、う……」

恭悟さんの手にするっと中心を撫でられて、そのとき初めてまだ俺がいってなかったのを知った。

ああそうか。これが噂のドライオーガズムってやつか。こんなの続いたら、本当に死んじゃいそうだ。気持ちよすぎて怖い。

もう少し休みたかったんだけど、そろそろ恭悟さんも限界なのか、また激しく突き上げられて、俺はひいひい泣くはめになった。

もう自分じゃ動けなくなってるから、ただただ恭悟さんに翻弄《ほんろう》されて、喘いで泣くばかりだった。

「あぁっ……！」

ひときわ深く突き込まれて、俺は嬌声《きょうせい》を上げながら大きくのけぞった。

なかに恭悟さんの熱い欲望を感じる。まるで絞り出そうとしてるみたいに、俺のそこは恭悟さんをきつく締め付けてた。

出されるのは嫌いじゃないよ。むしろ好きかもしれない。もちろん相手が恭悟さんだから、っていうのは断言しておく。

晴れて恋人同士になった……というか相互理解を深めた俺たちは、最高で最低の夜を過ごしてしまった。

自分が休みだからって、恭悟さんは無茶しすぎだ。俺もテンション上がりすぎた。

だって昨日から、休み休みずっとセックスしてんだもん。ベッドでやって、俺が意識飛ばして、起きたら軽くなにか食べて、そのままリビングでまたやって、風呂入って、そこでまたやって……みたいな感じで。

いまはリビングで寛《くつろ》いでるけど、俺は恭悟さんの膝に座ってて、恭悟さんの手がさっきからもぞもぞ太腿のあたりで動いてる状態だ。

彼シャツ状態だしな。意味もなく。たぶん恭悟さんの趣味だね。

気分はいいんだよ。幸せで満たされてて、ふわふわーっとどっかに飛んでいっちゃいそう。だけど身体はガタガタだ。飛ぶどころか地面にめり込んでいきそうなほど重い。いまだに起き上がれないんだけど、どうしてくれるんだ。もう夕方近いんだぞ。

「明日は行かないとマズいんだけど」

「どうせ車だし、着いたら座ってるだけだろ」

明日は建築士さんとの打ち合わせなんだよ。駅まで迎えにいって、建設予定地を案内して、ランチがてら話をして、食後はがっつりと打ち合わせ……の予定だ。どう考えたって座ってるだけじゃない。

「もう無理だよ、ほんとにダメだからな！」

いたずらしようとする手をつかんで阻止する。恭悟さんが本気になったら俺の力なんかじゃ止められないんだけど、いまはとりあえず止まってくれた。まぁ、これ以上は明日に差し障るって、わかってるんだろうな。

いまの俺って、敏感になりすぎてて撫でられるだけでも変な声が出ちゃうんだぞ。ほんとにもうやめないとヤバいって。それにさ、足元にエリーとモモがいるんだから、本気でやめて欲しい。

「今日散歩に行けなかったじゃん」

ペットシッター頼んで散歩させてるんだから本末転倒ってやつだ。そもそも俺はそのために同居してるんだってのに。

「忘れるなよ、おまえは俺の恋人だ」

「……うん」

さすがにもう自分をセフレだとは思ってないし、ペットシッターだとも思ってないけどね。それにしても、動くのも億劫《おっくう》なくらいだるい。声だってざらざらだよ、喘ぎすぎて。このままじゃ俺、しょっちゅう風邪《かぜ》ひいてる病弱なやつ認定されちゃうよ。

だるいし、眠い。目を閉じたら、絶対また意識が落ちるな。頭を撫でてる恭悟さんの手が気持ちいいのも悪いんだよ。

そのままとろとろし始めたとき、二頭がぴくっと動くのがわかった。それからすぐに車の音が聞こえてきた。恭悟さんも気付いたみたいで、耳を澄ましてる。

あ、これうちだ。デリバリーかなにか頼んだっけ？

思ってたら、バンッと大きくドアが閉まる音がした。犬たちも落ち着かない様子で顔を上げてる。

インターフォンが鳴って、恭悟さんはものすごく不本意そうに俺を膝から下ろして対応に出た。

「チッ……」

え、なんで舌打ち？　それって誰が来たか、限定されるんだけど。俺からはモニターが見えないんだよな。

「なんの用だ？」

『充留の具合が悪いって聞きまして。電話しても出ないし、メールも返事がないので、様子を見に』

「……入れ」

あれ、意外。てっきり門前払いするかと思ってたんだけど、そこはさすがに大人の対応だ。それとも余裕のなせる技なのかな。

遠隔操作で玄関のロックを外して、恭悟さんはソファに戻るとまた俺を膝に乗せようとした。いやいや、さすがにそれはちょっと……。

「お邪魔《じゃま》します」

英一が靴を脱いで上がってきたときには、俺の必死の抵抗も虚しく、またさっきと同じ状態になってた。

彼シャツで膝に抱っこされて親友を迎える俺の気持ちを少しは考えろ。幸いシャツは厚手だから透《す》けるってことはないけど、腿の半分くらい剝《む》き出しなのはいただけない。思わずクッションで壁作っちゃったよ。

英一はリビングの入り口で固まってる。けどほんの二、三秒だった。すぐに動き出して、恭悟さんに物騒な目を向けた。

「なるほど、見せつけようと思って俺を通したんですか」

「それもあるが、ついでだな。充留がおまえに報告をしたいそうだ」

ええええっ！　なに言ってんだよ、それはつまり俺に恋人宣言をしろってことか？　どっちみち牽制《けんせい》のためじゃん。大人の対応とか思って損した。

でも必要なことなんだよな。わかってる。俺の口から言ったほうが英一だって納得しやすいはずだし。

「あー……えーと、とりあえず座って」

「……失礼します」

そうか、英一にとっては上司の家なんだな。いまさらだけど気がついた。

少し離れたところに英一が座るのを待って、俺は言った。

「あの……うん、恋人になった。っていうか、セフレだと思ってたのは俺だけで、最初から恭悟さんは恋人認識だったみたい」

「……ふーん」

「なんか、いろいろとごめんな」

「別に謝らなくていい。よかったじゃないか」

「う、うん」

「冷静だな」

「ま、そうだろうなとは思ってたんで。あんたが充留を好きなのはわかってましたからね。でなきゃ俺をあんな目で見ないはずだ」

え、そうなの？　じゃあなんで英一は、俺がセフレなんだって言ったとき、そのこと黙ってた……？

疑問とか戸惑いが顔に出てたみたいで、気付いた英一はかなり苦い笑《え》みを浮かべた。

「謝らなきゃいけないのは俺のほうだ。この人の気持ちは俺から言うことじゃないと思ったのもあるけど、打算があったことも確かだ」

「打算……」

「すれ違って、別れてくれたら、チャンスだからな。ま、その前にこの人が自分の気持ちを伝えて、丸く収まっちまうんだろうなとは思ってたが……」

実際そうなったから、俺は曖昧に頷きながら恭悟さんを見た。うわぁ、凶悪な顔してる。英一すごいな、よく平然としてるな。

「納得したなら、手を引け。脈はねぇぞ」

「わかりませんよ。あんたが心変わりするかもしれないし、充留が俺を好きになるかもしれない。諦める気はないですね」

「執念深い男だ」

「積年の思いを舐めてもらっては困ります」

「俺は困らねぇけどな。勝手に横恋慕でもなんでもしてろ。見せつけてやる」

あ、鼻で笑ったよ恭悟さん。余裕があるのはいいけど、俺の親友をいじめるのはやめてくれないかなぁ。

言ったらベッドでどんな目に遭うかわからないから、黙ってるけど。

ごめん、って心のなかで謝りながら、俺は恋人と親友の舌戦を、ちょっと困りながら聞いていた。

あとがき

前作を知らない方も知っている方も、こんにちは。

こちらは充留編でございます。二人の主人公のストーリーが同時進行している話なので、重なるシーンもいくらかありますが、前作と同じ場面はなるべくさらりと充留の説明ですませる形になってます。

若干ファンタジーちっくな設定ではありますが、それがメインではないので、普通に読んでいただけるのではないかと。

今回のカップルは犬が取りもった仲ではありますけども、犬のことがなくても、そのうち……っていう感じにはなったのでは、と思います。充留に目を付けた恭悟が虎視眈々と機会を窺う、という感じでしょうか。

作中にもあった、犬同伴ＯＫのお店は、以前友達と何軒か行ったことがありまして。友達のわんこ三頭と、テラス席でランチしたり、個室でディナーしたりしました。実際には行かなかったですが、犬同席ＯＫの焼き肉店まであってびっくり。すべてドッグカフェではなく普通のレストランというところがすごいなーと。そして犬用のメニューもちゃんとあるところが多いんですよね。

現在のわたしは、友達の犬や猫をときどき撫で撫でさせてもらって、「可愛いのう」と目を細めるばかりの日々です……寂しい。ぬくぬくのふにゃふにゃの感触が懐かしいなぁ。いや、それはともかくエリーとモモは、飼い主同様に仲よく気ままに暮らしていくんじゃないかな。ときどき散歩は別の人になっちゃうけども。

さてさて。花小蒔朔衣さまには今回も大変お世話になりました。ありがとうございました。前作のときのラフで、キャラの横などに描かれていた子猫や犬（キャラクターのイメージ動物的なの）を拝見し、「動物もお上手で可愛い！」と思い、もっと見たくて今回犬を二頭も出してしまいました。計画的犯行です。

いただいたキャララフは、またもや悶絶しそうなほど素敵でした！　充留の可愛さや恭悟の男前さ、振られてしまうには惜しい英一の格好よさ！　そして目論見通り、エリーとモモの可愛いこと可愛いこと！　二頭がキャッキャウフフしてるのがたまらんかったです。カラーも美しい……。

本当にありがとうございました。

最後になりましたが、ここまで読んでくださった皆様、ありがとうございました。前作をご存じなくて、悠のお話が気になった方がいらっしゃいましたら、ぜひぜひそちらもお手にとっていただければと思います。

それでは、また次回なにかでお会いできたら幸いです。

きたざわ尋子

✦初出　辣腕家は恋に惑う……………書き下ろし

きたざわ尋子先生、花小蒔朔衣先生へのお便り、本作品に関するご意見、ご感想などは
〒151-0051 東京都渋谷区千駄ヶ谷 4-9-7
幻冬舎コミックス　ルチル文庫「辣腕家は恋に惑う」係まで。

幻冬舎ルチル文庫
辣腕家は恋に惑う

2014年3月20日　第1刷発行

✦著者　きたざわ尋子　きたざわ じんこ

✦発行人　伊藤嘉彦

✦発行元　株式会社 幻冬舎コミックス
〒151-0051 東京都渋谷区千駄ヶ谷 4-9-7
電話 03(5411)6431［編集］

✦発売元　株式会社 幻冬舎
〒151-0051 東京都渋谷区千駄ヶ谷 4-9-7
電話 03(5411)6222［営業］
振替 00120-8-767643

✦印刷・製本所　中央精版印刷株式会社

✦検印廃止

ISBN978-4-344-83096-7　C0193　Printed in Japan